선생님과 함께 읽는 소나기

물음표로 찾아가는 한국단편소설 21

선생님과 함께 읽는

소나기

전국국어교사모임 지음 | 설은정 그림

Humanist

'물음표로 찾아가는 한국단편소설' 시리즈를 펴내며

문학 교육은 아이들이 꿈을 꾸게 하기 위해 필요합니다. 그러나 요즘의 문학 교육은 참고서와 문제집을 통해서만 이루어지고 있습니다. 그래서 문학 수업은 엉뚱한 상상도 발랄한 질문도 없는 밍밍하고 지루한 시간이 되어버렸습니다. 상상의 여지가 사라지고 질문이 없는 수업은 아이들을 질리게 하고 문학을 말라 죽게 합니다. 그렇다면 어떻게 해야 문학 교육을 살릴 수 있을까요?

무엇보다 학생들이 스스로 생각을 열어 질문을 만들 수 있게 해야 합니다. 매우 상식적인 일이지만, 우리 교육 환경에서는 잘 이루어지기가 어렵습니다. 그래서 전국국어교사모임은 학생들이 스스로 생각을 열고 엉뚱한 상상과 발랄한 질문을 할 수 있는 마중물을 붓기로 했습니다. 이는 말라버린 문학뿐 아니라 아이들의 메마른 마음에도 물을 붓는 일이 될 것입니다.

교과서에 실린 의미 있는 작품을 골랐습니다 중·고등학교 국어 교과서나 문학 교과서에 실린 단편소설 가운데 오랫동안 많은 사람들에게 널리 읽힌 작품을 골랐습니다. 교과서에 실렸다는 것은 중·고등학생들에게 유용한 작품이라는 것이고, 오래 널리 읽혔다는 것은 재미나 감동, 그리고 생각거리 면에서 어느 하나는 사람들의 마음에 들었음을 뜻하기 때문입니다.

전국의 학생들에게 물었습니다 전국에 있는 수많은 학생에게 소설을 읽혀보고, 그들이 궁금해하는 것을 모았습니다. 그러고 나서 의미 있는 질문거리들을 일정한 방식으로 배열했습니다.

현직 국어 선생님들이 물음에 답했습니다 전국의 국어 선생님 100여 분이 다양한 책과 논문을 살펴본 다음 질문에 대한 답을 했습니다. 이런 과정을 통해 보다 보편적인 작품의 의미에 접근하고자 했습니다.

교육과정과의 연관성을 고려했습니다 수업 현장에서 또는 학생 스스로 이용할 수 있도록 했습니다. '깊게 읽기'에서는 인물, 사건, 배경, 주제 등 작품과 직접 관련되는 내용을 다루었으며, '넓게 읽기'에서는 작가, 시대상, 독자 이야기 등을 살펴볼 수 있도록 했습니다.

'물음표로 찾아가는 한국단편소설' 시리즈는 다양하고 깊이 있는 생각을 이끌어낼 수 있는 소설 감상의 안내서 구실을 할 것입니다. 또한 작품에 대한 해석과 이해의 차원을 넘어서 문화적·사회적·역사적 정보를 폭넓고 다양하게 제시함으로써 문학 감상 능력을 향상시켜 줄 뿐만 아니라, 문학과 가까워질 수 있는 기회를 제공해 줄 것입니다.

전국국어교사모임

머리말

1966년부터 국정 교과서에 빠지지 않고 등장한 단골손님
한국인이 가장 좋아하는 단편소설

황순원의 〈소나기〉는 우리에게 매우 익숙한 작품입니다. 그래서 얼마나 새로운 이야깃거리를 찾을 수 있을지 의아했습니다. 하지만 선생님들과 함께 다시 소설을 찬찬히 읽으며, 학생들의 질문에 대한 답을 찾으며 〈소나기〉라는 소설에 흠뻑 빠졌습니다.

갈꽃, 들국화, 도라지꽃, 마타리꽃, 메밀꽃, 싸리꽃, 칡꽃 내음을 느끼며 분홍 스웨터를 입은 소녀의 흰 팔과 목덜미를 떠올렸습니다. 소년을 따라 열이틀 달이 지우는 그늘만 골라 디디기도 하고, 남몰래 5학년 여자 반을 기웃거렸으며, 소녀가 던진 하얀 조약돌을 주머니 속에서 만지작거렸습니다. 소녀와 함께 허수아비를 흔들어보기도 하고, 가을 소나기를 흠뻑 맞고 수숫단에서 비를 긋기도 했습니다. 그렇게 열두 달을 〈소나기〉와 함께했습니다.

논문을 뒤적이며, 원전을 꼼꼼하게 읽으며, 엉뚱하지만 진지한 아이들의 질문 하나하나를 곰곰이 생각했습니다. '소년과 소녀는 왜 이름이 없는지? 참외를 먹고 싶다는 소녀에게 소년은 왜 무를 주는지? 소나기 맞았다고 죽는 사람이 과연 있는지?' 등등. 누구나 한번은 궁금했던 내용들에 대해 '국어 교사로서' 답을 하기 위해 열두 달 동안 머리를 맞댔습니다. 토론하고, 답을 정리하고, 다시 토론하기를 수십 차례 반복했습니다. 그리고 〈소나기〉를 사랑하는 학생들과 선생님께 조심스

럽게 이 책으로 답하려 합니다.

"소녀는 왜 산도 아니고 산 너머에 가자고 했을까?"

"어떤 논문에서는 산이 '북망산'을 의미한다고도 하는데."

"왠지 으스스하지 않아?"

"마지막 부분에 나오는 '이번 앤 꽤 여러 날 앓는 걸 약도 변변히 못 써봤다더군.'에서 '이번 앤'이라는 말 생각해 봤어? '이번 애는'이라는 말이잖아. 그럼 소녀 이전에 아픈 아이가 더 있었던 모양이지?"

"그럼 소녀의 병은 집안 내력인 거네."

"이것 참, 읽으면 읽을수록 새롭네."

"그래서 '고전' 아니겠어?"

수많은 고민 속에 얻은 가장 귀한 깨달음은 〈소나기〉가 오랜 세월 사랑받을 자격이 충분한 '고전'이라는 것입니다. 광주국어교사모임 선생님들에게, 이 책을 준비한 한 해는 〈소나기〉로 진하게 기억될 겁니다.

마지막으로 그동안 함께 호흡을 맞춰 물심양면으로 집필을 도와주신 멋진 밀양 사나이 최용석 선생님께 감사드립니다.

광주국어교사모임

(강현, 김선희, 김수현, 김지선, 안선옥, 양승현, 장수미, 정수희, 한은영, 형소연)

7

차례

깊게 읽기 묻고 답하며 읽는 〈소나기〉

1_ 소녀를 만나다

2_ 추억을 만들다

넓게 읽기 **작품 밖 세상 들여다보기**

소나기

황순원

〈소나기〉의 주인공은 '소년'과 '소녀'입니다. 소년은 한 시골 마을에 살고 있고, 소녀는 얼마 전에 서울에서 이곳으로 이사 왔지요.

이 소설에는 시대적 배경이 드러나지 않고 '가을'이라는 계절적 배경만 드러납니다. 이 때문에 어느 시점을 배경으로 하고 있는지는 정확히 알 수 없지만, 이 소설이 1953년 5월에 발표되었으니 한국전쟁과 그 이후 혼란스럽던 현실과 대비되는 공간을 설정한 것이 아닌가 싶습니다. 이런 시대적 상황과 연결을 지어본다면, 〈소나기〉가 단순히 '어린 시절 가슴 아픈 첫사랑의 추억'을 다룬 이야기만은 아닐 것 같다는 생각도 듭니다. 한국전쟁으로 인해 남과 북으로 갈릴 상황에 처한 우리나라의 현실을 '소나기'라는 시련과 소년

과 소녀의 애틋한 이야기에 비유한 것일지도 모르겠네요.

그러면 이제 소설 〈소나기〉 속으로 함께 들어가 볼까요?

1. 소년과 소녀의 만남

소년은 며칠째 학교에서 돌아오는 길에 개울가에서 물장난하는 소녀를 봅니다. 이 소녀는 얼마 전에 서울에서 이사 온 윤 초시의 증손녀이지요. 이날은 소녀가 징검다리 한가운데서 물장난을 하는데, 소년은 그런 소녀를 보며 서울에서는 못 해봤던 일이라 재미 삼아 그러는 것이리라 생각합니다.

그런데 한편으로 소년은 참 난감해요. 소녀가 징검다리 한가운데에 앉아 있어서 개울을 건널 수가 없기 때문입니다. 비켜달라고 말을 하면 될 텐데, 소년은 소녀에게 말 걸기가 쑥스러워 그러지 못합니다. 그래서 개울둑에 앉아 소녀가 비켜주기를 기다리죠. 그러다 마침 지나가는 사람이 있어서 개울을 건넙니다.

다음 날, 소년은 학교에서 느지막이 나와 집으로 향합니다. 개울

가에서 소녀와 마주치지 않기 위해서죠. 하지만 소년의 바람과는 달리 소녀는 징검다리 한가운데서 세수를 하고 있습니다. 그 모습을 본 소년은 소녀의 팔과 목덜미가 참 희다고 생각합니다.

소녀는 한참 동안 세수를 하고 나서 개울 안을 들여다보더니, 마치 물고기를 잡는 것처럼 두 손으로 물을 계속 움켜내요. 도무지 비킬 생각이 없어 보이죠. 소녀는 개울 안에 손을 넣더니 뭔가를 집어냅니다. 하얀 조약돌이에요. 소녀는 그 조약돌을 손에 쥐고서 징검다리를 건너갑니다. 그런데 건너가자마자 소년을 향해 돌아서더니 "이 바보."라고 외치면서 조약돌을 던져요. 그리고 나서는 단발머리를 휘날리며 갈대밭 사이로 달려가 버립니다.

소년은 어리둥절해 소녀가 달려 들어간 갈대밭 쪽을 바라보지만, 한참이나 소녀의 모습은 보이지 않아요. 그러다 문득 갈대밭 들머리 쪽에서 갈꽃을 잔뜩 안은 소녀가 눈에 들어옵니다. 소년은 소녀가 천천히 걸어가는 모습을 보면서, 마치 갈꽃이 걸어가는 것 같다고 생각합니다. 소년은 소녀의 모습이 사라질 때까지 서 있다가 소녀가 던진 하얀 조약돌을 집어서 주머니에 넣고 돌아옵니다.

다음 날도 소년은 학교에서 느지막이 나와 개울가로 향해요. 그런데 오늘은 소녀의 모습이 보이지 않습니다. 소년은 다행이라고 생각하며 집으로 돌아가요. 그런데 그날 이후로 소녀가 개울가에 나타나지 않아요. 그러자 소년은 왠지 모를 허전함을 느끼게 되고, 주머니 속 조약돌을 만지작거리는 버릇이 생깁니다.

어느 날, 소년은 소녀가 했던 것처럼 징검다리 한가운데 앉아 세수를 합니다. 그러면서 물에 비친 자신의 검게 탄 얼굴이 못마땅해 물을 계속 움켜내지요. 그런데 그때, 소녀가 징검다리를 건너오고 있는 모습을 발견합니다. 소년은 깜짝 놀라 벌떡 일어섭니다.

소년은 자신의 행동을 소녀에게 들킨 것이 창피해 징검다리를 건너뛰기 시작해요. 발을 헛디뎌 물속에 발이 빠지기도 했지만 아랑곳하지 않고 마구 달립니다. 그러다 보니 메밀밭에 이르렀지요. 유난히 메밀꽃 냄새가 코를 찌른다고 생각했는데, 알고 보니 코피가 나고 있었습니다. 소년은 코피를 닦으며 또 달리기 시작하지요. 소녀가 '바보'라고 말하는 소리가 뒤따라오는 것 같다고 느끼면서요.

2. 소나기같이 강렬하고 짧았던 둘만의 추억

그 뒤로 또다시 소녀의 모습이 보이지 않습니다. 그러던 어느 토요일, 소년이 개울가에 이르니 소녀가 건너편에서 물장난을 하고 있었어요. 소년이 조심조심 징검다리를 건너가자 소녀가 "얘!" 하고 불러요. 소년이 모른 척하며 개울둑 위로 올라서는데, 소녀가 손에 쥔 것을 들어 보이며 '이게 무슨 조개냐'고 묻습니다. 그러자 소년은 소녀와 눈을 한번 마주치고는 바로 고개를 떨구어 소녀 손에 있는 조개를 보며 '비단조개'라고 알려줘요.

둘은 함께 집을 향해 걸어갑니다. 그러다 곧 갈림길이 나타나요. 소녀는 아래쪽으로, 소년은 위쪽으로 가야 합니다. 그때 소녀가 소년에게 벌판 끝에 있는 산 너머에 가자고 해요. 소년은 보기보다 꽤 멀어 힘들 거라고 했지만, 소녀는 시골 생활이 너무 심심해 한번 가

보고 싶다고 대답하지요.

소년은 마지못해 소녀와 함께 추수가 한창인 논 사잇길로 들어섭니다. 논에는 허수아비들이 서 있는데, 서로 줄로 연결되어 있어요. 소년이 그 줄을 잡아당기자 참새들이 놀라서 달아납니다. 그러다가 문득, 집에 가서 자기 집 논의 참새를 쫓아야 한다는 사실을 깨닫지요. 그러나 허수아비 줄을 흔들며 한껏 신나 하는 소녀를 보고는 곧 그 생각을 지워버리려 애를 씁니다. 소녀와 함께 시간을 보내고 싶은 거죠.

논을 지나고 도랑을 건너자 산밑까지 밭이 펼쳐져요. 소녀는 밭 가운데 있는 원두막을 지나며 참외 맛을 보고 싶다고 합니다. 그러자 소년은 아직 맛이 덜 든 무를 뽑아서 잎을 떼어낸 뒤 소녀에게 건네요. 소년이 먹는 시범을 보여주자 소녀가 따라서 무를 먹습니다. 하지만 세 번 정도 깨물어 먹고는 맛이 없다며 던져버려요. 그러자 소년도 소녀를 따라 더 멀리 던져버리죠.

단풍이 예쁘게 물든 산이 가까워지자 소녀는 환호성을 지르며 달려갑니다. 산에는 예쁜 꽃들도 피어 있어요. 소년은 꽃 이름을 하나하나 알려주고는 꽃을 한 움큼 꺾어 싱싱한

것들만 골라 소녀에게 줍니다. 그러자 소녀는 하나도 버리지 말라면서 꺾은 꽃을 전부 챙겨 들고는 산을 오릅니다.

그렇게 산마루까지 올라보니 건너편 골짜기에 초가집들이 보여요. 둘은 바위에 걸터앉아 쉬다가 비탈진 곳에 피어 있는 칡꽃을 발견합니다. 소녀는 서울에서 다니던 학교의 등나무에서 피던 등꽃 같다며 함께 놀던 친구들을 떠올리고는 그 칡꽃을 따려다가 미끄러져 떨어질 뻔해요. 다행히 칡덩굴을 잡았고, 소년이 얼른 달려가 소녀를 끌어 올리죠.

소년은 소녀의 무릎에 맺힌 핏방울을 보고는 자기도 모르게 입으로 피를 빨아냅니다. 또 헐레벌떡 송진을 구해 와서는 바르면 낫는다며 무릎에 발라줘요. 그런 다음 칡덩굴 있는 곳으로 내려가 칡꽃이 많이 달린 줄기 몇을 이빨로 끊어 와서 소녀에게 줍니다. 처음부터 자기가 꺾어다 줬다면 이런 일이 없었을 텐데, 후회하면서 말이죠.

둘은 내려와 누렁 송아지가 있는 곳으로 다가갑니다. 코뚜레도 꿰지 않은 아주 어린 송아지였지요. 소년은 송아지 등을 긁어주는 척하더니 갑자기 고삐를 잡고 훌쩍 등에 올라타요. 놀란 송아지가 펄쩍펄쩍 뛰며 빙글빙글 돌자, 소년의 눈에는 소녀의 모습이 꽃과 뒤엉켜 큰 꽃묶음처럼 보입니다. 소년은 어지러웠지만 내리고 싶지 않았어요. 그건 소녀는 할 수 없는, 소녀에게 자랑할 수 있는 일이기 때문입니다.

그때 한 농부 아저씨가 다가와 뭘 하고 있느냐 묻습니다. 소년은 아저씨에게 혼날까 봐 얼른 송아지 등에서 내려와요. 어린 송아지의 등에 타면 허리가 다칠 수 있거든요. 그러나 소녀를 한번 훑어본 아저씨는 소나기가 올지 모르니 얼른 집으로 돌아가라고 말할 뿐이었습니다. 그러고 보니 머리 위에는 먹구름 하나가 드리워져 있었고, 곧 바람 소리가 나는 듯하더니 금방 주위가 보랏빛으로 물들기 시작했지요.

소년과 소녀가 다시 산마루를 넘어가는데, 굵은 빗방울이 떨어지는 소리가 들렸어요. 그러더니 곧 세찬 빗줄기가 눈앞을 가렸고, 비에 젖어 몸도 떨려왔습니다. 그때 비안개 사이로 원두막이 보였어요. 소년과 소녀는 어쩔 수 없이 거기서 비를 피하려 했지만, 원두막 상태가 그리 좋지 않았습니다. 기둥은 기울고 지붕은 찢어져 있었지요.

소년은 그나마 비가 덜 새는 곳으로 소녀를 이끌었어요. 소녀는 추워서 입술이 파랗게 된 채 어깨를 떨고 있었습니다. 소년은 그런 소녀를 위해 윗옷을 벗어 소녀의 어깨에 걸쳐줘요. 소녀는 소년을 한번 쳐다봤지만, 소년이 하는 대로 가만히 있습니다. 그러고는 가지고 있던 꽃묶음에서 가지가 꺾이고 상한 것들을 골라 땅에 버립니다.

소녀가 있는 자리에 점점 비가 많이 떨어지자 소년은 수수밭으로 달려가 수숫단을 세워놓은 곳을 살핍니다. 그곳이 비가 새는 원두막에 있는 것보다는 나을 거라고 생각한 모양이에요. 그러더니 옆에 있는 수숫단을 더 가져와서 촘촘히 덧세운 다음 소녀에게 이쪽으로 오라고 손짓해요.

소녀는 세워놓은 수숫단 안으로 들어가 앉았는데, 비는 새지 않

앉았지만 너무 좁고 어두웠어요. 둘이 같이 들어갈 만한 공간이 나오
지 않아 소년은 수숫단 앞에 앉아서 비를 그대로 맞을 수밖에 없
었지요. 소녀는 그런 소년을 보며 작은 목소리로 수숫단 안으로 들
어오라고 말합니다. 소년은 괜찮다고 했지만, 소녀는 재차 들어오라
고 이야기하지요. 그러자 소년은 못 이기는 척하며 수숫단 안으로

등을 밀어 넣어요.

그런데 수숫단 안이 너무 비좁다 보니 소년이 몸을 들여놓는 순간 소녀가 들고 있던 꽃묶음이 눌려 뭉개져 버려요. 하지만 소녀는 별로 신경 쓰지 않았습니다. 소년의 체취가 코를 찔렀지만, 티를 내지도 않습니다. 오히려 소녀는 소년의 체온 때문에 떨리던 몸이 좀 괜찮아지는 것 같았어요.

얼마 지나지 않아 소나기가 그쳤고, 소년과 소녀는 밖으로 나와요. 언제 그랬느냐는 듯 사방이 훤하고 밝은 햇살이 쏟아집니다.

둘은 도랑 쪽으로 향하는데, 소나기가 온 뒤라 물이 많이 불어 있어 뛰어넘기가 어려웠어요. 그래서 소년은 소녀를 업고 바지를 걷어 올린 채 도랑을 건넙니다. 도랑을 건널 때, 소녀는 생각보다 물이 깊은 것에 깜짝 놀라며 자기도 모르게 소년의 목을 끌어안아요. 개울가에 다다르기 전, 하늘은 언제 소나기를 퍼부었냐는 듯 구름 하나 없이 푸르게 개어 있었지요.

3. 가슴에 묻은 안타까운 이별

소년은 그 뒤로 또다시 소녀의 모습을 볼 수 없었습니다. 개울가에서도, 학교 운동장에서도, 5학년 여자 반에서도 소녀의 모습은 보이지 않았지요.

그러던 어느 날, 소년은 여느 때처럼 주머니에 들어 있는 조약돌을 만지작거리며 개울가로 가요. 그런데 그렇게 안 보이던 소녀가 개울둑에 앉아 있는 거예요. 소년은 그리워하던 사람을 만난 것처럼 마음이 두근두근했어요. 소녀는 소년을 보고는, 그동안 아팠고 아직 다 나은 건 아니지만 갑갑해서 나왔다고 말해요. 그러면서 자신의 분홍 스웨터에 묻은 검붉은 자국을 내려다보며 소년에게 그 자국이 뭔지 알겠느냐고 묻습니다. 소년이 그걸 물끄러미 바라보고만 있자, 소녀는 소년의 등에 업혀 도랑을 건널 때 옮은 물임을 말해주지요. 그러자 소년은 부끄러워 얼굴을 붉힙니다.

갈림길에 이르자 소녀는 대추 한 줌을 소년에게 내밀며, 추석에 제사를 지내려고 오늘 아침에 땄다며 맛을 보라고 해요. 소년은 쭈뼛쭈뼛 대추를 받아 들지요. 그런데 소녀가 뜻밖의 소식을 소년에게 전합니다. 제사를 지내고 나면 살던 집을 다른 사람에게 내줘야 한다는 것이었죠.

소년은 어른들이 윤 초시 댁에 대해 하는 이야기를 들은 적이 있었어요. 윤 초시의 손자, 그러니까 소녀의 아버지가 서울에서 사업에 실패해 고향으로 돌아왔다는 것이었지요. 소년은 그것 때문에 집까지 잃게 되어버린 것이라 짐작했어요. 소녀는 어쩔 수 없다고 생각하지만, 왜인지 이사 가는 게 싫어졌다며 쓸쓸하게 말해요.

소년은 '소녀가 이사 간다'는 말을 속으로 계속 되풀이합니다. 안타깝거나 슬프지 않다고 스스로를 위로해 보았으나, 소년은 소녀가 건네준 대추알을 씹으면서도 그 단맛을 느낄 수가 없었어요.

집에 돌아온 소년은 밤에 몰래 덕쇠 할아버지네 호두밭에 갑니다. 그리고 호두나무에 올라가 가지를 막대기로 내리쳤지요. 호두 송이가 요란한 소리를 내며 떨어져요. 들킬까 봐 조마조마했지만, 그래도 소년은 굵은 호두를 향해 마구 막대기를 휘두릅니다.

그렇게 주머니 가득 호두를 넣어 돌아오면서, 소년은 달그림자가 진 곳으로만 발걸음을 옮깁니다. 그렇게 어둠에 몸을 숨겨가며 무사히 집에 돌아와요.

돌아온 소년은 호두를 까기 시작합니다. 맨손으로 호두 송이를 만지면 옴이 오를 수 있다고 들었지만, 소년은 그런 말 따위를 신경 쓸 겨를이 없었어요. 맛있는 호두를 얼른 소녀에게 주고 싶다는 생각뿐이었거든요. 그런데 가만히 생각해 보니, 소녀와 다시 만날 수 있을지 알 수가 없어요. 병이 좀 나으면 이사 가기 전에 개울가에서 한번 보자고 했었으면 좋았을 텐데, 소년은 그 말을 하지 못한 자신이 바보 같다고 생각합니다.

추석 전날, 소년이 학교에 갔다가 돌아왔는데 아버지가 말끔한 옷을 입고는 닭 한 마리를 안고 있어요. 소년이 아버지에게 어디 가시느냐 물었지만, 아버지는 대꾸도 하지 않은 채 어머니에게 닭을 들어 보이며 이 정도면 될지 묻습니다. 어머니는 그 암탉이 알 낳을 때가 되어서 살이 올랐을 거라고 답해요.

소년은 궁금해서 어머니에게 다시 묻습니다. 그랬더니 어머니는 윤 초시 댁 제사상에 올릴 닭을 가져다주러 가시는 거라고 답해줍니다. 소년은 그 말을 듣고서, 그러면 더 큰 수탉을 가지고 가는 게 어떠냐고 너스레를 떨죠. 소년의 말에 아버지는 웃으며 수탉보다는 암탉이 실속 있을 거라고 말합니다. 소년은 괜히 부끄러워져서 외양간으로 가 파리를 잡는 척하며 소 등을 철썩 때려요.

시간이 흐른 어느 날, 소년은 우연히 어른들이 하는 말을 듣습니다. 소녀네 식구가 내일 양평읍으로 이사 간다는 거예요. 소년은 소녀를 한 번 더 볼 수 있을까 싶어 갈림길 아래쪽 갈밭머리까지 가 봅니다. 윤 초시 댁이 보였지만 소녀의 모습은 찾을 수 없었지요. 소년은 여전히 주머니 속에 들어 있는 호두알을 만지작거리며, 다른 손으로는 갈꽃을 마구 꺾어댑니다.

밤이 되어 잠자리에 들어서도 소년은 '이사 가기 전에 소녀를 한 번 볼 수 있을까' 하는 생각뿐이에요. 그러다 소년은 깜빡 잠이 듭니다. 그런데 잠결에 아버지의 목소리가 들려옵니다. 윤 초시 댁에 대한 안타까운 이야기를 어머니에게 전하는 내용이었어요. 전답도 팔고, 집도 잃고, 악상까지 당했다는 말을 듣고 어머니는 윤 초시 어른이 자식 복이 없다며 안타까워합니다. 그리고 이어지는 아버지의 마지막 말로 이야기는 끝이 납니다. '소녀는 여러 날을 앓았지만 약 한번 제대로 써보지 못했다'고, 그리고 '소녀가 자신이 죽고 나면 자기 입던 옷을 그대로 입혀서 묻어달라고 했다'고.

아버지와 어머니의 말을 듣고 난 소년의 반응은 나오지 않지만, 가슴이 시리고 먹먹했을 그 심정이 짐작되고도 남습니다. 마지막이 될지도 모르지만, 그래도 내일이면 소녀의 모습을 볼 수 있을 거라고 기대하던 소년의 마음은 얼마나 무너져 내렸을까요? 애틋하고 순수한 소년과 소녀의 마음이 절절하게 다가옵니다.

묻고 답하며 읽는
〈소나기〉

배경

인물·사건

작품

주제

1_ 소녀를 만나다

왜 소년과 소녀의 이름이 나오지 않나요?

소년은 어떻게 소녀가 윤 초시네 증손녀인 걸 금방 알았나요?

소년은 왜 소녀에게 비켜달라는 말도 못 하나요?

소년과 소녀는 왜 개울가에서 자주 마주치나요?

소녀는 왜 소년에게 '바보'라고 했나요?

'하얀 조약돌'은 어떤 구실을 하나요?

2_ 추억을 만들다

메밀꽃 냄새를 맡으면 코피가 나나요?

소년은 참외가 먹고 싶다는 소녀에게 왜 무를 뽑아 줬나요?

소녀는 왜 소년에게 산 너머에 가자고 했나요?

소년과 소녀는 왜 그렇게 짧게 얘기하나요?

수줍어하던 소년이 소녀의 생채기를 빨 수 있었던 까닭은 무엇인가요?

소녀는 왜 소년에게 꽃을 버리지 말라고 했다가 나중에는 자기가 꽃을 버렸나요?

3_ 그리움을 묻다

호두를 딴 소년은 왜 열이틀 달이 지우는 그늘만 골라 디뎠나요?

소녀가 죽은 게 소나기 때문인가요?

소녀는 왜 입던 옷을 그대로 입혀서 묻어달라고 했나요?

이게 다예요?

1

소녀를 만나다

왜 소년과 소녀의 이름이 나오지 않나요?

소설 속에는 소년과 소녀의 이름이 나오지 않지요. 그럼 이참에 소년과 소녀에게 '영수'와 '순자'라는 이름을 한번 붙여볼까요? '영수'와 '순자'는 1940년대에 가장 많이 쓰인 남자와 여자 이름이라고 해요. 〈소나기〉가 1953년에 나왔으니, '영수'와 '순자'는 소설 속 주인공들이 살던 시대의 소년과 소녀를 대표하는 이름이라고 할 수 있겠네요.

소년과 소녀에게 이름을 붙여 소설을 다시 읽으면, 원작과 사뭇 다른 분위기가 된다는 사실을 알 수 있을 거예요. 수줍은 시골 소년은 어디에나 있을 것 같은 평범한 소년으로, 도시에서 온 병약한 소녀는 순박하면서도 건강한 이미지로 다가오지 않나요? 굳이 '영수'와 '순자'가 아니더라도, 어울린다고 생각하는 이름을 나름대로 한번 붙여보세요. 주인공을 '소년'과 '소녀'로 부를 때와는 느낌이 다를 겁니다.

작가가 소설 속 인물에 이름을 붙이는 것은, 그 인물에 맞는 색깔을 칠하는 것과 같아요. 그러니까 〈소나기〉의 작가는 일부러 주인공에게 채색을 하지 않았다고 보면 돼요. 정해진 색깔이 없기 때문에 소설을 읽는 모든 이가 저마다 각자의 경험, 취향, 개성에 맞는 색깔을 칠하며 추억을 떠올릴 수 있는 것이죠. 읽는 이는 소년이 되기도 하고 소녀가 되기도 하면서, 저마다의 아련한 첫사랑을 떠올리며 작품 속에 빠져들 수 있다는 뜻입니다. 이름뿐만 아니라 공간적 배경이나 시대적 배경을 구체적으로 밝히지 않는 것도 같은 이유라고 볼 수 있어요.

이름을 붙이지 않은 또 다른 이유는, 아직 덜 자라 세상을 잘 모르는 '아이와 어른의 중간 단계'를 나타내기 위해서일 수도 있어요. 어린아이는 아니지만 세상살이에 아직 물들지 않은 순수한 존재임을 나타내기 위해 일부러 이름을 붙이지 않았다는 말이에요.

'소년'과 '소녀'라는 호칭에서 느껴지는 투명하고 순수한 어감과 더불어 어딘가에 있을 것 같은 평화로운 시골 마을이 어우러져, 한 폭의 수채화를 감상하는 것 같지 않나요? 이 때문에 〈소나기〉는 세대와 시간을 초월하여 아직도 많은 사람에게 사랑을 받고 있는 거랍니다.

소설 속
등장인물
'이름 짓기'

"소설은 새로운 인간형을 창조하는 작업이다."라는 말이 있어요. 그래서 소설의 구성 요소 가운데 가장 중심에 놓이는 것이 인물이죠. 인물의 성격, 행동, 말투 들은 작가의 상상으로 만들어지는데, 그 시작이 바로 '이름 짓기'입니다.

마음이 맑고 깨끗한 '심청', 봄날의 꽃향기처럼 사랑스러운 '춘향'은 인물의 성격에 어울리는 이름이에요. '혹부리 영감', '삵(살쾡이)'은 생김새를 나타내는 이름이고요. 또 인물의 삶과 관련되는 이름도 있어요. '홍길동'은 좋은〔길(吉)〕 일을 많이 한다는 뜻을, '흥부'는 장차 흥(興)할 운명이라는 뜻을 담고 있죠.

어떤 소설에서는 〈소나기〉의 '소년'과 '소녀'처럼 이름이 없거나, 머리글자를 따서 이름을 짓기도 해요. 현진건의 〈B사감과 러브레터〉에는 노처녀 'B여사'가 나옵니다. 그리고 유진오의 〈김 강사와 T 교수〉에는 'H 과장'과 'T 교수'가 나오는데, 머리글자와 직책으로만 불려요. 김승옥의 〈서울, 1964년 겨울〉의 주인공은 '김'이에요. 함께 나오는 인물들도 '안'이나 '사내'라고 불립니다.

이름이 드러나지 않는 소설을 가리켜 '익명성'을 강조한 소설이라고 해요. 이런 소설은 보통 익명을 강조해서 소설의 주제를 나타내고자 하는 경우가 많아요.

• 참고 : 시대별 남자와 여자 이름 순위

순위	1948년생		1958년생		1968년생		1978년생		1988년생		1998년생		2008년생	
	남	여	남	여	남	여	남	여	남	여	남	여	남	여
1	영수	순자	영수	영숙	성호	미경	정훈	지영	지훈	지혜	동현	유진	민준	서연
2	영호	영자	영철	정숙	영수	미숙	성훈	은정	성민	지은	지훈	민지	지훈	지민

소년은 어떻게 소녀가 윤 초시네 증손녀인 걸 금방 알았나요?

소년은 개울가에서 소녀를 처음 보자마자 윤 초시 댁의 증손녀라는 걸 알아차립니다. 그 이유는 아무래도 소녀의 옷차림이나 겉모습이 눈에 띄었기 때문일 거예요. 소설 속에 묘사된 소녀의 옷차림을 한 번 떠올려 보세요. 소녀가 입고 있던 '분홍 스웨터'와 '남색 치마'는 그 당시 소년이 살고 있던 마을의 여느 여자아이들과는 사뭇 다른 옷차림이에요.

소녀
분홍 스웨터, 남색 치마

당시 일반적인
시골 여자아이
무명 저고리, 무명 치마

그렇다 하더라도 소년이 소녀에 대해서 미리 어느 정도는 알고 있어야 한눈에 알아볼 수 있지 않을까요? 그렇다면 소년은 어디서 어떻게 소녀에 대한 정보를 얻었을까요?

소녀가 전학 왔을 때 학교에 소문이 나서, 먼발치에서 소녀 얼굴을 보았다.
여러분도 학교에 전학생이 오면 어디서 왔는지, 얼굴은 어떻게 생겼는지 궁금해서 전학생이 있는 반을 기웃거릴 때가 있지요? 때로는 전학생을 둘러싼 여러 가지 소문이 퍼지기도 하고요.

동네에 퍼진 소문을 듣고 알았다. 시골 마을에서는 낯선 사람이 나타나면 소문이 금방 퍼지게 마련이에요. 마을 사람들 가운데 말하

기 좋아하는 사람이 온 동네를 돌아다니며 그 사람에 대한 이야기를 전해주거든요. 소년도 그렇게 해서 소녀에 대한 소문을 미리 들었을 수 있어요.

윤 초시

원래 초시란 '과거의 첫 시험, 또는 그 시험에 급제한 사람'을 말해요. 그런데 한문을 좀 아는 유식한 양반을 높여 '초시'라고 부르기도 했답니다. 즉 '윤 초시 댁 증손녀'라는 말로 보아 소녀의 할아버지네 집안에 초시 벼슬을 했던 분이 있었거나, 학식을 갖춘 집안으로 마을에 알려져 있었음을 짐작할 수 있어요.

소설을 읽다 보면 윤 초시네가 '전답을 다 팔아버렸다'는 부분이 있는데, 이것으로 보아 윤 초시네는 그 마을에서 상당히 재력이 있던 집안이었음을 알 수 있어요. 또한 소년의 아버지가 윤 초시네 제사에 갈 때 닭을 준비해 가는 모습을 보면, 그 마을 사람들이 윤 초시네 논밭을 빌려 농사를 짓는 소작농이었을 수도 있지요.

부모님이 말하는 것을 듣고 알았다. 앞의 두 가지 경우가 아니라면, 소년의 부모님이 윤 초시네 증손녀에 대해 말하는 것을 듣고 알게 되었을 수도 있어요.

아무튼 소년이 한눈에 윤 초시네 증손녀를 알아보았다는 것은, 소년도 '윤 초시네 증손녀'인 소녀에게 관심이 있었음을 나타내는 것이라 할 수 있어요.

소년은 왜 소녀에게
비켜달라는 말도 못 하나요?

어느 날, 소녀가 징검다리 한가운데 떡 버티고 앉아 있어요. 소년이 개울을 건너려면 소녀에게 비켜달라는 말을 해야 하는데, 소년은 소녀 근처에도 가지 못하죠. 개울둑에 앉아서 계속 기다리기만 합니다.

이 소년, 참 답답하네요. "너는 윤 초시네 증손녀지? 듣던 대로 예쁘네. 난 ○○(이)라고 해. 같은 학교 다니는데 우리 친구 하지 않을래?"라고 말하지는 못할망정, "지나가야 하니까 비켜주지 않을래?"라고 말할 수는 있잖아요. 소녀도 아마 그 정도를 기대하고 있었을 텐데 말이죠.

소녀는 소년에게 화가 나 결국 먼저 말을 해요. "이 바보."라고요. 그러면서 소년에 대한 원망을 조약돌에 담아 던집니다.

그런데 이 소년, 소심함의 극치를 보여줘요. 다음 날은 아예 개울가에 늦게 갑니다. 소녀와 마주치지 않으려고 말이에요. 소녀를 보고 싶지 않아서 그랬을 수도 있지 않겠느냐고요? 글쎄요, 소녀가 보이지 않는 날이 계속될수록 허전함을 느끼고 궁금해하는 걸 보면, 소년도 소녀에게 관심이 있는 건 분명해 보이는걸요.

그렇다면 혹시 소년은 소녀를 어떻게 대해야 하는 건지 모르는 게 아닐까요? 애초에 소녀가 왜 징검다리에 버티고 있었는지조차 모르고 있었던 걸 보면 그렇게 생각할 수도 있을 것 같아요. 시골에서 또래 남자아이들과만 어울리던 소년에게는 하얗고 예쁘장한 도시 여자아이가 낯설었을 테니까요.

　박상률이 쓴 《봄바람》이라는 소설을 보면, 서울 아이가 전학을 오자 학교 전체가 들썩들썩해지는 모습이 잘 나타나요. 주인공 훈필이는 전학 온 서울 아이를 "하얀 얼굴, 깨끗한 옷, 웃을 때 드러나는 가지런한 이, 그리고 무엇보다도 나긋나긋한 서울 말씨!"라고 묘사하죠. 훈필이도 서울 아이에게 관심이 있지만 다가가서 말 한마디 하지 못합니다. 〈소나기〉의 소년과 아주 비슷하죠?

소년과 소녀는 왜
개울가에서 자주 마주치나요?

개울은 소년과 소녀가 집으로 가는 길목이자 학교에 갈 때 꼭 지나야 하는 곳이에요. 그리고 만남의 장소이기도 하지요. 조약돌 사건도, 소녀가 소년에게 대추를 주었던 마지막 만남도 개울에서였어요.

소년이 소녀를 업은 곳도 도랑이었지요. 소나기 때문에 물이 불자 소년이 소녀를 업고 건너야만 했었죠. 소년과 소녀가 처음에 데면데면한 사이였던 걸 기억한다면, 이 둘의 신체 접촉은 놀랍지 않나요?

도랑을 통해 소년과 소녀는 더욱 가까워집니다.

소설 초반에 나오는 개울은 소년의 검은 얼굴이 비칠 만큼 맑았어요. 하지만 비 때문에 불어나 소년이 소녀를 업고 건너는 도랑은 흙탕물이었죠. 소년과 소녀는 더욱 가까워졌지만, 이 두 사람의 관계는 흙탕물처럼 어두워집니다. 비를 맞은 소녀가 한동안 보이지 않다가 죽게 되니까요. 맑은 개울이 흙탕물이 되듯이, 소년과 소녀의 관계도 비극적인 결말을 맞죠.

개울은 또 다른 의미로도 읽을 수 있어요. 물속을 자꾸만 들여다보다가 그 속에 빠져버린 그리스 신화의 나르시스처럼, 소녀는 자꾸만 물속의 제 얼굴을 들여다봅니다. 그리고 소년은 그 행동을 따라 하죠. 그런데 소년은 왠지 물속에 비친 자기의 검은 얼굴이 싫어져요. 그동안 수없이 봐왔던 얼굴은 다른 사람의 얼굴과 별다를 게 없었지만, 이젠 소녀의 흰 얼굴과 너무나 차이가 나게 검은 얼굴로 보였으니까요. 그러니까 '개울'은 소년이 이전과는 다른 자신의 모습을 발견할 수 있게 해주는 매개체라 할 수 있겠네요.

개울과 도랑

'김'이 되어 하늘로 올라갔던 물이 방울이 되어 땅 위로 내려오는 것을 '비'라 한다. 그리고 가파른 뫼에 내린 비가 골짜기로 모여 내려오면 그것을 '도랑'이라 한다. 도랑은 골짜기에 자리 잡은 사람의 집 곁으로 흐르기 십상이기에, 사람들은 힘을 기울여 도랑을 손질하고 가다듬는다. 그래서 그것이 물 스스로 만든 길임을 잊거나 모를 지경이 되기도 한다. 도랑이 흘러서 저들끼리 여럿이 모여 부쩍 자라면 그것을 '개울'이라 부른다. 개울은 제법 물줄기 모습을 갖추고 있기 때문에, 마을 사람들이 거기에서 걸레 같은 자잘한 빨래를 하기도 한다. 개울이 부지런히 흘러 여럿이 함께 모이면 "개천에 용 났다!" 하는 '개천'이 된다. 그러나 개울이 한걸음에 바로 개천이 되는 것이 아니라, '실개천' 곧 실처럼 가는 개천이 되었다가 거기서 몸을 키워서야 되는 것이다. 개천은 빨래터뿐만 아니라, 여름철에는 아이들이 멱 감는 놀이터도 되어주면서 늠름하게 흘러가는 '내'가 된다. 〈용비어천가〉에서 "샘이 깊은 물은 가뭄에도 그치지 않으므로 '내'가 되어 바다에 이르느니……" 하는 바로 그 '내'다. 그러나 내 또한 개천이 한걸음으로 바로 건너갈 수는 없기 때문에, '시내' 곧 실같이 가는 내가 되었다가 거기서 몸을 더 키워야 되는 것이다. 시내와 내에 이르면 이제 사람들이 사는 마을에서 멀리 떨어져 들판으로 나와, 비가 내리지 않는 겨울철이라도 물이 마르지 않을 만큼 커진다. 그리고 다시 더 흘러서 다른 고을과 고장을 거쳐서 모여든 여러 벗들과 오랜만에 다시 만나면 '가람'을 이룬다. 가람은 크고 작은 배들도 떠다니며 사람과 문물을 실어 나르기도 하면서 마침내 '바다'로 들어간다.

이렇게 비에서 바다에 이르기까지 물이 흘러가는 길에 붙이는 이름을 살펴보았다. 도랑에서 개울, 개울에서 실개천, 실개천에서 개천, 개천에서 시내, 시내에서 내, 내에서 가람, 가람에서 바다에 이르는 이들 이름이 요즘에는 거의 사라져 가는 듯하여 안타깝다. 그것들이 아마도 한자말 '강'에게 잡아먹히는 것이 아닌가 싶다.

_ 김수업, 《우리말은 서럽다》에서

소녀는 왜 소년에게 '바보'라고 했나요?

'바보'는 "지능이 부족하여 정상적으로 판단하지 못하는 사람", "어리석고 멍청한 사람을 얕잡아 또는 욕으로 이르는 말"을 뜻해요. 그렇다면 소녀가 소년에게 이런 뜻으로 말을 한 걸까요? 그 말을 듣고도 대거리를 못 하다니, 소년은 정말 바보가 맞나 봐요.

> 야 이 바보야, 난 널 사랑하고 있어.
> _ 윤종신의 〈애니〉에서

누군가가 여러분에게 앞의 노랫말에서처럼 '바보'라고 한다면 어떨까요? 아마 그 누군가가 싫지 않다면 여러분의 얼굴은 토마토처럼 발그레해질 거예요. 가슴이 콩닥콩닥 뛰면서 말이죠. 소녀가 소년에게 말한 '바보'는 앞의 노랫말 속에 나오는 '바보'에 가까워요. 내 마음을 너무 몰라준다는 섭섭함이 담긴 표현이죠.

　소녀는 소년과 친해지고 싶었지만, 먼저 말을 걸기는 어려웠어요. 그때만 해도 여자애가 남자애한테 먼저 말을 거는 게 드문 일이었거든요. 그리고 소녀에게는 그곳이 낯설기도 했고요. 그래서 생각해 낸 방법이 개울에서 장난을 치는 거 아니었을까요?

소년도 도시에서 전학 온 소녀를 모르지는 않았을 거예요. 그러니까 소녀가 며칠 동안 개울가 기슭에 앉아 있었겠죠. 집으로 가기 위해 개울을 건너야 하는 소년이 자기를 보고 말을 걸어줄 거라고 기대하면서 말이죠. 하지만 소년은 소녀에게 말을 걸지 않았어요. 다음 날은 징검다리 한가운데에 앉아 있었는데도 말이에요. 비켜달라는 말 한마디도 하지 못했던 거예요.

이런 모습을 보면 소년은 아직 이성에 눈뜨지 못한 것 같아요. 소녀가 자기에게 관심이 있다는 것도 눈치채지 못하니까요. 사춘기 여자아이와 남자아이를 비교해 보아도, 여자아이들이 또래 남자아이들보다 더 성숙한 경우가 많죠. 그렇다 하더라도 소녀는 소년의 무관심과 무반응에 적잖이 섭섭했을 거예요. 그 섭섭함이 조그만 조약돌과 함께 '바보'란 말로 표현된 거죠. 그러니까 이 말 하나에 소년에 대한 관심과 소년의 무관심에 대한 섭섭함이 모두 담겨 있답니다.

소녀가 던지고 간 조약돌과 바보라는 말은 소년에게 고스란히 남아요. 잔잔한 호수에 조약돌을 던지면 파문이 일듯이, 소년의 마음에도 파문이 일기 시작하죠. 소년은 자신이 뭔가를 모르고 있다는 것을 알게 돼요. 그런데 대체 그게 뭔지는 몰라요. 아마도 소년은 그것을 알려고 소녀를 따라 한 게 아닐까요? 그러다 개울에 비친 자기 모습을 발견해요. 소년은 소녀의 흰 얼굴과는 대조적인 자신의 검은 얼굴이 싫었겠죠. 소녀가 한 바보라는 말의 의미도 아직은 모르겠고요. 그러니 소년은 소녀를 보면 부끄럽고 혼란스러워요. 자신이 작아지는 것 같고……. 그러니 자꾸 소녀가 '바보, 바보' 할 것만 같은 거예요.

'하얀 조약돌'은 어떤 구실을 하나요?

'하얀 조약돌'은 소녀와 소년의 마음을 짐작하는 데 도움을 주는 소재예요.

소녀는 소년과 친구가 되고 싶어 여러 날 개울 기슭에서 소년을 기다려요. 하지만 소년은 그냥 지나칩니다. 그래서 소녀는 징검다리 한가운데로 자리를 옮겨요. 그러나 소년은 소녀가 비켜주기만을 기다릴 뿐이죠. 결국 소녀는 자신에게 비켜달라는 말조차 하지 못하는 소년에게 "이 바보."라는 말과 함께 '하얀 조약돌'을 던져요. 자기 마음을 알아채 주지 못하는 답답함과 서운함이 담긴 행동이에요. 소년은 갑작스러운 소녀의 행동에 놀라 '벌떡' 일어나고, 조약돌의 물기가 마를 시간만큼 소녀의 뒷모습을 바라봐요. 그리고 소녀가 던진 조약돌을 주머니에 넣죠.

이렇게 볼 때 '하얀 조약돌'은 소녀가 소년에게 건네는 말이며, 소녀를 대신하는 소재라고 할 수 있어요. 그래서 소년은 소녀가 보이지 않아 허전하고 그리울 때면 조약돌을 만지작거리는 것이죠.

그런데 왜 '하얀 조약돌'일까요? 일반적으로 '하얀색'은 깨끗함과 순수함을 나타내요. 〈소나기〉에서 하얀색은 소녀와 관련이 깊어요. 소녀의 피부가 마냥 희다거나, 맑은 가을 햇살을 받으며 갈꽃을 안아 들고 걷는 소녀의 모습이 마치 갈꽃이 들길을 걷는 듯 하다는 부분에서 소녀의 깨끗하고 순수한 모습이 잘 드러나거든요. 그런 소녀가 던진 돌이니까 희고 크기가 작아야 어울리겠죠? 그래야 순수하면서도 작고 단단한 소녀의 마음이 더 잘 느껴지니까요.

한편, '하얀 조약돌'은 소년의 마음에 큰 파문을 일으켜요. 이제까지 경험하지 못했던 나 아닌 다른 사람과 세상에 대한 깨달음, 즉 새로운 세상과의 만남이 시작된 것이죠.

따라서 소년이 '하얀 조약돌'을 만지작거리는 것은 소녀에 대한 추억을 떠올리는 행동이에요. 그런데 이사 간다는 소녀에게 주려고 호두를 딴 다음부터는 소녀가 떠오를 때 '호두알'을 만지작거립니다.

'조약돌'과 유사한 '호두알'의 의미도 생각해 볼까요? 둘 다 소녀가 생각날 때마다 소년이 만지작거리는 작고 동글동글한 것이죠. 그리고 주머니에 넣고 다닐 수 있는 물건이에요. 또 소녀의 존재를 마음속 깊이 지니고 살겠다는 소년의 마음이 비쳐 이야기의 여운을 더하는 소재이기도 합니다.

하지만 다른 점도 있어요. '조약돌'은 소녀가 준 것이고 무생물이에요. 이는 소년에 대한 소녀의 변하지 않는 마음을 나타낸다고 볼 수 있죠. '호두알'은 소년이 소녀에게 주려 했으나 결국 주지 못한 단단한 씨앗이에요. 이는 소녀의 죽음을 이겨내고 나무로 성장하게 될 소년의 앞날을 나타낸다고 볼 수 있을 겁니다.

추억을 만들다

메밀꽃 냄새를 맡으면 코피가 나나요?

소년은 소녀가 개울가에 나타나지 않자, 소녀가 했던 것처럼 징검다리 한가운데 앉아 세수를 합니다. 그러다가 물에 비친 자신의 검은 얼굴이 못마땅해 물을 움켜내기 시작하지요. 그런데 그때, 소녀가 징검다리를 건너오고 있는 모습을 발견합니다.

놀란 소년은 징검다리를 건너뛰어 마구 달리기 시작합니다. 자기 행동을 소녀에게 들킨 것이 부끄러워서요. 한 발이 물속에 빠졌지만, 아랑곳하지 않고 더 힘껏 달립니다. 그러다 메밀밭에 다다랐는데, 유난히 메밀꽃 내가 코를 찔러옵니다. 알고 보니 코피가 나고 있었어요. 하지만 소년은 코피를 닦으며 다시 달리기 시작합니다.

이 장면을 보고 '메밀꽃 냄새를 맡으면 코피가 날까?', '메밀꽃 냄새가 강해서 코피가 나는 것일까?' 하고 궁금해하는 친구들이 많아요. 하지만 메밀꽃에서는 연한 풀 냄새가 납니다. 그러니까 이게 코피의 원인이라고 말하기는 어렵지요.

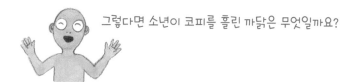

그렇다면 소년이 코피를 흘린 까닭은 무엇일까요?

소년은 며칠째 보이지 않는 소녀를 생각하며, 소녀가 했던 것처럼 징검다리 한가운데 앉아 물을 움키고 있었어요. 그러다 소녀가 자신을 엿보고 있었다는 걸 알게 되죠. 그래서 소년은 너무 부끄러웠을 거예요. 창피하거나 부끄러운 일을 당하면 얼굴이 빨개지고 화끈거리잖아요? 그래서 코피가 난 것 같아요. 얼굴이 빨개진다는 건 피가 얼굴에 많이 모여서 그런 거 아닌가요? 그러니까 갑자기 너무 부끄러우면 피가 확 몰려서 코피가 날 수도 있을 것 같아요.

부끄러워서 코피가 나는 경우는 거의 못 본 것 같아요. 제 생각에는 소년이 소녀를 보고 나서 도망치다가 디딤돌을 헛디며 물속에 빠질 때 넘어져서 코피가 난 것 같아요. 코피라는 게 바로 주르륵 흐르는 때도 있지만, 서서히 조금씩 흘러내릴 수도 있거든요. 한 발이 물속에 빠졌을 때 넘어져서 그 충격으로 코피가 조금씩 흘러내리고 있었는데, 그것도 모르고 계속 달리다가 메밀밭에 이르러서야 코피가 흐르는 걸 알게 된 거 아닐까요?

저도 소년의 부끄러움이 원인이라고 생각해요. 하지만 앞에서 말했던 친구와는 생각이 좀 달라요. 부끄러워서 얼굴이 발갛게 달아오르고 가슴이 두근거려도, 그것 때문에 코피가 나진 않을 것 같아요. 저는 작가가 자신의 속마음을 들켜버린 소년의 부끄러움을 강조하려고 '코피'가 났다고 한 게 아닐까 생각합니다.

그렇다면 소년은 왜 코피가 나는 것도 모르고 달렸을까요?

소년이 개울가에서 한 행동을 살펴보면 알 수 있을 것 같아요. 소년은 개울가에서 소녀가 했던 행동을 따라 하고 있었어요. 누군가의 행동을 따라 해본다는 것은 그 행동을 했던 사람의 마음을 알아보고 싶다는 의미겠죠. 소년이 물을 움키고 있는데 누가 자기한테로 걸어와요. 바로 소녀죠. 그 순간 소년은 얼마나 놀랐을까요? 정말 부끄럽고 창피했을 것 같아요. 자기 속마음을 들켜버렸으니까요. 소심한 소년은 어떻게 해서든지 그 상황을 빨리 벗어나고 싶었을 거예요. 그래서 무조건 달린 거 아닐까요?

소년은 참외가 먹고 싶다는
소녀에게 왜 무를 뽑아 줬나요?

 소녀가 참외를 먹어보고 싶다고 하자 소년은 무밭에서 무를 뽑아 와요. 이상하죠? 참외를 먹고 싶다고 했으면 참외를 따다 줘야 하는데 말이죠.

소년의 행동을 이해하기 위해서는 이야기의 배경이 되는 계절에 대해 알아야 해요. 참외가 언제 열리는지 아세요? 요즘에는 아무 때나 참외를 먹을 수 있지만, 원래 참외는 7월부터 8월까지가 제철이에요. 그리고 무, 그 가운데 가장 흔한 가을무는 8월 말에 씨를 뿌려 11월에 거두어들이죠. 소년이 무를 뽑아 올 수밖에 없었던 까닭은, 참외가 열리는 계절이 이미 지나가 버렸기 때문이에요. 그래서 소년은 아쉬운 대로 평소에 맛있게 먹던 무를 뽑아다 준 거죠.

소년은 무를 뽑아 와 소녀에게 먹는 방법을 보여줘요. 여기서 소년이 은근히 뿌듯해하는 게 느껴지지 않나요? 자신이 맛있다고 생각하는 것을 소녀에게 맛보여 줄 수 있다는 기쁨도 살짝 엿보이고요. 그런데 기대와 달리 소녀는 맵고 지리다며 무를 던져버려요. 그

54

때 소년의 심정은 어땠을까요? 마음에 가득했던 뿌듯함과 기쁨은 사라지고 무안함만 남았을 거예요. 그래서 소년은 먹던 무를 소녀보다 더 멀리 던져버리죠.

소녀는 아마 참외를 무척 먹고 싶었을 거예요. 낯선 시골에 와서 말로만 듣던 원두막도 처음 봤을 테고, 소년이 이 마을에서 나는 참외와 수박이 정말 맛있다고 자랑도 했으니까요.

소년이 뽑아 온 무는 정작 밑이 덜 들어 있었어요. 밑이 덜 들었다는 것은 먹을 수 있을 만큼 다 자라지 않았다는 뜻인데, 이는 이야기의 배경이 되는 시기가 가을 중에서도 초가을이라는 것을 뜻해요.

그런데 잠깐! 무밭에 왜 원두막이 있었던 걸까요? 그것은 바로 무를 '참외 그루'에 심었기 때문이에요. '그루'는 "작물을 심어 기르고 나서 거둔 자리"라는 뜻인데, 여름에 참외를 다 거두어들인 다음에 그 밭에다가 무씨를 뿌렸던 거죠. 그러니까 여름에는 참외밭, 가을에는 무밭이 되는 거예요.

〈소나기〉에는 무와 참외 말고도 계절을 짐작할 수 있게 해주는 소재들이 많이 나와요. 소설에 나오는 '갈꽃, 메밀꽃, 들국화, 싸리꽃, 도라지꽃, 마타리꽃, 칡꽃' 같은 것들은 모두 늦여름에서 가을 사이에 피는 꽃들입니다. 또 '벼 가을걷이'는 9~10월에 추석을 전후로 해서 하는 것이고, '대추, 호두'도 모두 가을에 익는 과일이죠.

〈소나기〉에 나오는 여러 가지 꽃

갈대　높이 2~3미터. 잎은 길고 끝이 뾰족하며, 줄기는 단단하고 속이 빈 둥근 기둥 모양으로 곧게 자란다. 8~10월에 밤색 작은 꽃 이삭이 줄기 끝에 무리를 이루어 핀다. 이삭으로 빗자루를 만들기도 한다. 습지나 물가에서 자란다.

들국화　줄기 높이 30~60센티미터. 잎은 어긋나게 붙고 깃 모양으로 갈라져 있다. 10~11월에 노란 꽃 무리를 이루어 핀다. 어린잎은 나물로 먹고, 꽃은 말려서 술에 넣거나 차로 마시기도 한다. 산이나 들, 길가에서 저절로 자란다.

도라지　높이 40~100센티미터. 잎은 어긋나게 붙고 잎 가장자리는 톱니처럼 생겼다. 7~8월에 흰색이나 보라색 꽃이 피는데, 꽃잎은 넓은 종처럼 생겼고 끝이 다섯 갈래로 갈라져 있다. 뿌리는 나물로 먹거나, 가래를 삭이고 기침을 멎게 하는 약재로도 쓴다. 산이나 들에 자라거나 밭에서 심어 기른다.

마타리　높이 1~1.5미터. 잎은 마주나고 깃 모양으로 갈라진다. 7~9월에 종 모양의 노란 잔꽃이 무리를 이루어 핀다. 연한 순은 나물로 먹는다. 산이나 들에서 저절로 자란다.

메밀   줄기 높이 40~70센티미터. 잎은 세모꼴의 심장 모양으로 어긋나게 붙는다. 7~10월에 줄기와 가지 끝에 흰 꽃이 무리를 이루어 핀다. 열매에 녹말이 들어 있어 국수나 묵 따위를 만드는 데 쓰인다. 밭에서 심어 기른다.

싸리   높이 2~3미터. 줄기는 곧게 서고 가지가 많이 갈라진다. 잎은 세 장의 작은 잎이 어긋나게 붙는다. 7~8월에 붉은 자줏빛 꽃이 무리를 이루어 핀다. 나무는 땔감, 잎은 사료, 나무껍질은 섬유 원료로 쓴다. 산과 들에서 저절로 자란다.

억새   높이 1~2미터. 잎은 긴 선 모양이며, 끝이 갈수록 뾰족해지고 가장자리는 까칠까칠하다. 9월에 줄기 끝에 가늘고 긴 꽃 이삭이 나와서 하얀 털 뭉치를 이루어 핀다. 산기슭이나 들판에서 저절로 자란다.

• 갈대와 억새의 차이: 갈대는 이삭의 색깔이 밤색이고, 억새는 흰색이다. 갈대는 물기가 많은 곳에서 자라지만, 억새는 물기가 많은 곳에서 찾아보기 힘들다.

칡   8월에 붉은 자줏빛 꽃이 무리를 이루어 핀다. 뿌리는 갈근이라 하여 약재로 쓰거나 즙으로 마시기도 한다. 또 줄기의 섬유로 종이를 만들 수도 있다. 산기슭 양지에서 저절로 자란다.

소녀는 왜 소년에게
산 너머에 가자고 했나요?

갈림길에서 소녀는 소년에게 벌 끝에 있는 산 너머에 가자고 해요. 친해지고 싶은 소년과 헤어지기가 아쉬웠나 봐요. 소년이 꽤 멀다고 해도 소녀가 적극적으로 가자고 하잖아요. 소년은 텃논의 참새를 쫓아야 하기 때문에 잠시 망설였지만, 결국 소녀와 함께 가기로 마음을 정해요.

갑자기 내린 소나기 때문에 산 너머까지는 가지 못했지만, 소녀와 함께 간 '산'은 소년에게 어떤 곳이었을까요?

소년에게 산은 새로운 세계입니다. 한 번도 그 산에 가보지 않은 소녀에게는 당연히 새로운 곳이겠지만, 소년에게는 왜 새로울까요? '소년은 그곳에서 계속 살았으니 산 너머까지는 아니더라도 산에는 가보지 않았을까?' 하고 생각할 수도 있어요. 하지만 소녀와 함께 간 산은 지금까지의 산과는 다른 느낌이었을 거예요. 소녀와 함께 산에 올라가면서 소년은 전과는 다른 적극적인 모습으로 바뀌게 됩니다. 소년은 산에서 새로운 자신의 모습을 발견하고 소녀에게 더 적극적으로 다가갈 수 있었어요. 그래서 소녀와 함께한 추억을 만

들 수 있었죠.

　그러나 산은 '고난의 장소'이기도 해요. 갑자기 쏟아진 소나기 때문에 어려움을 겪게 되니까요. 소년은 추워서 입술이 파랗게 질린 소녀를 위해 비를 피할 곳을 찾았지만 마땅한 곳이 없었어요. 소나기 때문에 갑자기 소년과 소녀의 상황도 초록빛에서 보랏빛으로 바뀌었습니다. 산은 '소나기'라는 어려움을 피하기는 힘든 장소였어요. "아직 넘어야 할 산이 남았어."라고 표현할 때의 '산'이 '해결하기 어려운 과제나 고난'을 뜻하는 것처럼, 〈소나기〉에서의 산도 '소년과 소녀에게 닥친 시련이나 고난'이라는 상징적 의미를 지녀요.

　산에 가서 소나기를 만나지 않았더라면, 산에 가지 않고 들판에서 놀았다면 소녀의 앞날은 어찌 되었을까요? 소나기를 피할 곳을 빨리 찾아 추위에 떨지 않고, 아프지 않았을지도 모릅니다. 그러나 소년과 소녀에게는 산에서 놀면서 쌓은 추억이 남지 않았겠죠.

소년과 소녀는 왜 그렇게 짧게 얘기하나요?

이 소설에서 소녀와 소년이 하는 대화는 다른 소설의 등장인물들이 나누는 대화보다 비교적 호흡이 짧은 편이에요. 소녀가 소년에게 조개의 이름을 묻는 장면이나, 산 너머에 함께 가보자고 말하는 장면, 원두막에서 소녀가 참외 맛을 묻고 밑이 덜 든 무를 함께 먹는 장면 등을 보면 잘 알 수 있죠. 작품 전문을 찾아 소년과 소녀가 대화하는 부분을 한번 읽어보세요. 두 사람의 표정과 말투를 떠올리면서, 소리도 내어서요. 아마 생각보다 더 빨리 읽힌다고 느껴질 겁니다.

소년과 소녀의 대화는, 어찌 보면 무뚝뚝하게 보일 정도로 군더더기 없이 짧고 간결해요. 숫기 없는 시골 소년과 속마음을 숨기고 있는 도시 소녀의 심리가 그대로 느껴지는 듯하지요. 한편으로는, 소년과 소녀가 아직 별로 친하지 않기 때문에 굳이 길게 얘기하지 않은 것일 수도 있어요. 소녀가 아프지 않고 건강해서 두 사람의 만남이 계속 이어졌다면, 함께 산 너머로 모험을 하다가 소나기를 만났던 그날의 기억을 공유하며 더욱 가까워졌겠죠. 그럼 대화도 더 많아지고, 또 길어졌을지 몰라요.

한편, 소녀와 소년의 대화만 이렇게 호흡이 짧은 것은 아니에요.

〈소나기〉는 전체적으로 문장이 짧은 편이죠. 왜냐하면, 서술어가 없는 문장들이 많기 때문이에요. 그래서 문장 하나하나가 마치 시를 읽는 것처럼 마음을 흔듭니다.

선명하고 구체적으로 잡히는 형상은 없지만, 마음을 흔드는 애잔한 느낌을 '여운'이라고 해요. 작가는 서술어를 생략한 표현을 통해 여운을 줌으로써 독자가 상상하고 생각할 수 있도록 할 뿐만 아니라 작품에 더 가깝게 다가갈 수 있도록 문을 열어주고 있어요.

〈소나기〉는 소년과 소녀의 대화 상황이나 전반적인 서술과 묘사가 간결하고 짧아요. 문장에 군더더기 표현이 없기 때문에 독자가 바로바로 따라갈 수 있고, 선입견 없이 장면에 몰입할 수도 있죠. 또 문장이 짧은 만큼 진행 속도도 빨라서, 서정적인 소설이지만 처음부터 끝까지 흥미를 잃지 않고 단숨에 읽을 수 있답니다.

"귀로 듣는 말과 눈으로 읽는 말이 같을 수 있을까?"라며 작가 황순원은 이미 쓴 원고도 활자화될 때까지 계속해서 고쳐 썼다고 해요. 이러한 작가의 끊임없는 노력으로, 시처럼 여운이 있는 문장과 간결하면서도 감각적인 언어 사용이 돋보이는 한 편의 아름다운 소설이 태어난 것이죠.

수줍어하던 소년이 소녀의 생채기를 빨 수 있었던 까닭은 무엇인가요?

소녀와 소년은 토요일 오후에 함께 산으로 놀러 갑니다. 산을 오르던 둘은 바위에 걸터앉아 쉬고 있었어요. 그러다 소녀는 비탈진 곳에 엉킨 칡덩굴에서 보랏빛 칡꽃을 발견하죠. 그걸 보니 서울에서 다니던 학교의 등나무에서 피던 등꽃이 떠오르고, 함께 어울려 놀던 친구들도 그리워집니다. 소녀는 일어나 비탈진 곳을 뒷걸음쳐 위태하게 내려가요. 그러고는 꽃송이가 많이 달린 줄기를 잡고 끊어내기 시작하죠. 하지만 줄기는 좀처럼 끊어지지 않았고, 안간힘을 쓰던 소녀는 그만 미끄러지고 맙니다. 다행히 칡덩굴을 잡았고, 소년은 놀라 달려가 얼른 소녀를 끌어올립니다.

미끄러질 때 다친 모양인지, 소녀의 오른쪽 무릎에는 핏방울이 맺혀 있습니다. 소년은 자기도 모르게 소녀의 상처에 입술을 가져다 대고 빨기 시작하죠. 그러다가 냉큼 일어나 저쪽으로 달려가더니, 송진을 가지고 와 소녀의 무릎에 발라줍니다. 그걸 바르면 낫는다면서요. 그러고는 소녀 대신 칡꽃을 꺾어다 줍니다.

이처럼 소녀에 대한 소년의 관심과 호감은 소년 자신도 모르게 적극적인 행동으로 바뀌게 돼요.

요즘은 입으로 상처 난 곳을 빠는 사람들이 거의 없지만, 예전에는 그런 일이 흔했어요. 우리 옛글에, 궁예의 신하 신훤이 백성들의 곪은 상처를 입으로 빨아 치료해 주었다는 기록도 있으니까요.

그러나 상처를 입으로 빠는 것은 치료에 전혀 도움이 되지 않아요. 오히려 빠는 사람 입 안으로 더러운 것들이 들어갈 수 있어서 위험하기까지 하죠. 하지만 소년이 살던 1950년대 초 시골 마을에 변변한 병원이 있었을 것 같지는 않아요. 그러니 민간에서 널리 쓰이던 치료 방법을 쓸 수밖에 없었을 테죠.

소년은 상처를 입으로 빨아낸 다음, 송진을 가져와 발라주기까지 해요. 자기가 칡덩굴을 꺾어다 주었으면 소녀가 상처를 입지 않았을 거라는 미안함과 죄책감 때문에 더욱 적극적으로 소녀의 상처를 치료해 주게 된 겁니다.

소녀의 상처를 치료해 준 소년은, 소녀를 데리고 송아지가 있는 곳으로 가요. 소녀를 위해 무언가를 해주고 싶었던 걸까요? 소년은 송아지 등에 올라타 자기 재주를 보여줍니다. 여러분도 좋아하는 사람이 아파할 때 그 사람의 기분을 좋게 해주려고 어떤 행동이나 말을 한 적이 있죠? 소년도 그런 마음이었을 겁니다. 이제 소년과 소녀가 좀 더 가까운 사이가 된 것 같네요.

송진

예로부터 피부에 상처가 났을 때 바르는 민간 치료법으로 많이 쓰였어요. 송진 성분 가운데 하나인 '테레빈유'는 오늘날 연고를 만드는 원료로 쓰이고 있답니다. 송진뿐만 아니라 쑥이나 질경이를 찧어 상처에 바르는 민간요법도 널리 쓰였어요. 우리 조상들은 동물이 상처를 입었을 때도 송진을 발라 치료해 주었다고 하네요.

소녀는 왜 꽃을 버리지 말라고 했다가 나중에는 자기가 꽃을 버렸나요?

소년은 산을 오르면서 이런저
런 꽃들의 이름을 소녀에게
가르쳐줍니다. 그러다가 꽃 한 움큼을
꺾어 싱싱한 꽃가지만 골라 소녀에게 주는데,
소녀는 꺾은 꽃들을 하나도 버리지 말라
고 하지요.

  그런데 소녀가 낡은 원두막에서 소나기를 피할 때는, 안고 온 꽃
묶음에서 가지가 꺾이고 꽃송이가 망가진 것들을 골라 발밑에 버
립니다. 왜 그런 걸까요?

  처음 소녀가 꽃을 버리지 말라고 한 이유는, 어쩌면 그 꽃들처럼
아름답고 연약한 소녀가 시든 꽃에서 건강하지 못한 자기 모습을
발견한 것이 아닐까 싶습니다. 싱싱한 꽃처럼 건강하게 살고 싶지만
그러지 못하는 슬픔이 묻어나는 것 같아요. 그러니까 자신과 닮은
시들시들한 꽃을 버리지 못하게 하는 건, 소녀가 삶에 대한 애착을
보이는 거라고 볼 수도 있겠네요.

  그랬던 소녀가 비를 맞은 다음에는 일그러진 꽃을 골라 버립니

다. 수숫단 속에서 소년이 꽃묶음을 망가트렸을 때는 아무래도 상관없다고 생각하기도 하죠. 꽃을 소중히 여기던 소녀가 꽃이 망가진 것을 담담하게 인정하는 모습이 왠지 슬프게 느껴집니다. 혹시 꽃을 자신처럼 생각하던 소녀가, 꽃이 망가진 모습에서 자신의 슬픈 미래를 본 것은 아닐까요?

다르게 생각해 볼 수도 있어요. 소녀는 산에서 꽃을 보며 좋아하고 행복해하죠. 그래서 소나기 속을 달려가면서도 꽃묶음을 안고 있어요. 하지만 원두막에 이르는 동안 꽃은 비를 맞아 가지가 꺾이고 일그러지죠. 소녀 또한 찬비를 맞아 입술이 파랗게 되고요. 그 모습을 본 소년은 겹저고리를 벗어 소녀의 어깨를 감싸줍니다. 소년도 비를 맞아 추울 텐데, 자기를 위해 옷을 벗어주는 모습을 보고 소녀는 소년의 마음을 알게 되죠.

소년은 좁은 수숫단 속에 소녀를 위한 자리를 만들어주고 자신은 차가운 비를 맞아요. 소녀를 위해 자신을 희생하는 소년의 모습, 멋있죠? 자기는 비를 맞더라도 소녀를 보호하려는 진심이 전해지나요? 소년의 이런 마음을 알게 된 소녀에게 이제 꽃은 더 이상 중요하지 않아요. 꽃보다 소년이 더 소중하니까요. 그러니 꽃묶음이 망가져도 상관없죠. 소년의 몸 냄새가 확 코에 끼쳐와도 고개를 돌리지 않은 건 그 때문이에요. 오히려 소년의 몸기운 때문에, 소녀는 떨리던 몸이 누그러지는 느낌을 받습니다.

3

그리움을 묻다

호두를 딴 소년은 왜 열이틀 달이 지우는 그늘만 골라 디뎠나요?

소나기를 맞은 후 소녀는 한참을 앓다가 오랜만에 소년을 만납니다. 소녀는 제사를 지내기 위해 딴 굵은 대추 한 줌을 소년에게 주면서, 추석을 지내고 나서 마을을 떠나게 되었다는 이야기를 하지요.

소녀의 이야기를 들은 소년은 밤에 몰래 덕쇠 할아버지의 호두밭으로 향합니다. 그리고 낮에 봐두었던 나무 위로 올라가 작대기로 내려치기 시작했죠. 처음엔 호두 송이 떨어지는 소리가 유난히 크게 들리는 것 같아 가슴이 서늘했지만, 굵은 호두가 많이 떨어지길 바라는 마음에 점차 자기도 모르게 작대기를 마구 내려칩니다.

주머니가 불룩할 정도로 호두를 챙긴 소년은 열이틀 달이 지우는 그늘만 골라 디디며 집으로 돌아옵니다. 머릿속에는 이 근방에서 제일 맛있다는 덕쇠 할아버지네 호두를 어서 소녀에게 주고 싶다는 생각만이 가득하죠. 호두 송이를 맨손으로 까면 옴이 오를 수도 있다는 말은 신경도 쓰이지 않습니다.

대추는 소녀가 소년을 위해 정성스럽게 준비한 선물이라고 할 수 있습니다. 소년을 위해 굵은 대추를 하나하나 고르는 소녀의 모습이 눈앞에 그려지는 것 같네요.

그런 선물을 받았기 때문에, 소년도 소녀에게 무언가를 주고 싶었을 거예요. 그게 바로 마을 근방에서 제일 맛있다는 덕쇠 할아버지네 호두였지요. 하지만 호두는 소년의 것이 아니기 때문에, '들키면 어쩌나?' 하는 두려움이 컸을 거예요. 그래서 호두 떨어지는 소리가 유난히 크게 느껴진 것이고, 돌아오는 길에는 어두운 그늘만 골라 디디며 돌아온 거예요. 나쁜 짓을 했다는 생각에 부끄럽고, 다른 사람에게 들킬까 조마조마했으니까요.

　　그럼 '열이틀 달이 지우는 그늘'은 무슨 말일까요?

　　열이틀은 음력 12일로, 열이틀 달은 보름(열닷새 날)달에 가까운 밝은 달입니다. 밤이기는 하지만 달이 밝으면 남의 눈에 쉽게 띄죠. 하지만 밝은 달이 만드는 그늘은 넓기 마련이에요. 소년은 자신이 한 일이 부끄럽고, 혹시라도 다른 사람의 눈에 띌까 두려워 밝은 길 대신 어두운 그늘 속을 걸었답니다. 그늘의 고마움을 느끼면서요. "도둑이 제 발 저린다."라는 속담과 어울리는 행동이죠?

　　하지만 그 당시 과일 서리는 지금 우리가 생각하는 것만큼 심하게 나쁜 짓은 아니었어요. 어른들에게 들키면 좀 혼나거나 가볍게 매를 맞는 정도였지요. 그런데도 그늘만 골라 디딘 소년의 행동을 보면, 소년이 착하고 순수한 마음을 지닌 아이라는 걸 알 수 있어요.

　　소년이 딴 호두는 소녀에 대한 정성과 사랑이 담긴 것이에요. 소녀에게 맛보이고 싶다는 생각 하나로 호두를 땄고, 옴이 오르는 것까지도 아무렇지 않게 생각했으니까요. 그렇게 정성스러운 마음으로 준비한 호두를 끝내 소녀에게 전해주지 못한 것이 정말 안타깝네요.

'소년'과 비슷한 심리가 드러나는 소설 속 장면

소년이 덕쇠 할아버지네 호두를 몰래 따서 열이틀 달이 지우는 그늘을 밟고 올 때 어떤 마음이었을까요? 소녀에게 호두를 줄 수 있다는 기쁨도 있었겠지만, 자신이 저지른 잘못에 대한 죄책감도 컸을 거예요. 혹시라도 들킬까 봐 두렵기도 했을 테고요.

다음은 현덕의 〈하늘은 맑건만〉이라는 동화에 나오는 장면이에요. 여기 나오는 문기라는 아이의 심리가 '그늘에 몸을 숨기며 걸었던 소년'과 닮아 있네요.

이튿날 아침이다. 문기는 밥을 두어 술 뜨다가는 고만둔다. 뭐 그 돈을 갚기 위한 그것이 아니다. 도시 입맛이 나지 않았다. 학교엘 갔다. 첫 시간은 수신(修身) 시간, 그리고 공교로이 제목이 '정직'이다. 선생님은 뒷짐을 지고 교단 위를 왔다 갔다 하며 거짓이라는 것이 얼마나 악한 것이고 정직이 얼마나 귀하고 중한 것인가를 누누이 말씀한다. 그리고 안경 쓴 선생님의 그 눈이 번쩍하고 문기 얼굴에 머물렀다 가고 가고 한다. 그럴 때마다 문기는 가슴이 뜨끔뜨끔해진다. 문기는 자기 한 사람에게만 들리기 위한 정직이요, 수신 시간인 듯싶었다. 그만치 선생님은 제 속을 다 들여다보고 하는 말인 듯싶었다.

운동장에서도 문기는 풀이 없다. 사람 없는 교실 뒤, 버드나무 옆, 그런 데만 찾아다니며 고개를 숙이고 깊은 생각에 잠기거나 팔짱을 찌르고 왔다 갔다 하기도 한다. 그러다 누가 등을 치면 소스라쳐 깜짝깜짝 놀란다.

언제나 다름없이 하늘은 맑고 푸르건만 문기는 어쩐지 그 하늘조차 쳐다보기가 두려워졌다. 자기는 감히 떳떳한 얼굴로 그 하늘을 쳐다볼 사람이 못 된다 싶었다.

언제나 다름없이 여러 아이들은 넓은 운동장에서 마음대로 뛰고 마음대로 지껄이고 마음대로 즐길거만, 문기 한 사람만은 어둠과 같이 컴컴하고 무거운 마음에 잠겨 고개를 들지 못한다. 무엇보다도 문기는 전일처럼 맑은 하늘 아래서 아무 거리낌 없이 즐길 수 있는 마음이 갖고 싶다. 떳떳이 하늘을 쳐다볼 수 있는, 떳떳이 남을 대할 수 있는 마음이 갖고 싶었다.

소녀가 죽은 게 소나기 때문인가요?

소년과 소녀가 산에서 시간을 보내며 가까워진 뒤, 소년은 소녀를 한동안 볼 수 없었어요. 소년은 애타게 소녀를 찾았지만, 모습이 보이지 않죠. 그러다가 소년은 오랜만에 개울가에서 소녀와 마주칩니다. 그런데 왠지 소녀의 얼굴이 해쓱해져 있어요. 산에서 소나기를 맞은 탓에 아팠던 거죠.

아픈 소녀와 헤어져 다시 만날 날을 기약하던 소년은 잠결에 기막힌 이야기를 듣습니다. 마을에 다녀온 아버지와 어머니가 하는 말을 듣고 소녀가 죽었다는 걸 알게 되죠. 소나기를 맞은 뒤 여러 날을 앓던 소녀가 결국 죽고 만 거예요.

비를 많이 맞아본 적이 있나요? 비를 많이 맞으면 감기에 걸리거나 몸살을 앓기도 해요. 게다가 여름 소나기도 아닌 쌀쌀한 가을날의 소나기라면 더욱 그렇죠. 그렇지만 보통은 며칠 앓고 나면 다시 괜찮아져요. 그렇다면 소녀는 정말 소나기를 맞은 것 때문에 죽은 걸까요?

건강한 사람이 소나기를 맞는 것과 원래 몸이 아픈 사람이 소나기를 맞는 것은 다를 거예요. 가뜩이나 병약한 소녀가 가을 소나기를 그렇게 맞았으니, 여러 날을 앓을 수밖에 없었던 거죠. 하지만 이미 가세가 기울어져 버린 소녀의 집안에서는 약 한번 제대로 쓰지 못했어요.

그런데 소녀가 죽었다는 결말을 보기 전에도 왠지 불길한 기운이 느껴지지 않았나요? 먼저, 소년과 소녀가 함께 산을 향해 갈 때 소녀가 도라지꽃을 보고 보랏빛을 좋아한다고 말하는 장면이 있었지요. 또 소나기를 만나기 전, 사방이 소란스러워지는 듯하더니 주위가 보랏빛으로 물들기도 했고요. 사실 이 '보라색'에 대한 이미지는 논란의 여지가 있기는 합니다. 이미지라는 것은 사람마다 제각각 다르게 느낄 수 있고, 보라색이 가지고 있는 긍정적인 의미도 있거든요. 예를 들면 '고귀함', '권위', '낭만' 등입니다. 반면 부정적인 의미로는 '연약함', '우울', '죽음' 등을 나타낸다고 해요. 이렇게 본다면 소녀가 보라색을 좋아한다는 점이나 소나기라는 위기를 맞기 전 주위가 보랏빛으로 물들었다는 표현은 뒤이을 불행과 관련지을 수 있습니다.

또 하나, 수숫단 안에서 비를 피할 때 소년이 뒷걸음질을 쳐 수숫단으로 들어가는 바람에 소녀가 안고 있던 꽃묶음이 망가진 장면이 있었지요. 앞서 설명했듯 아름답고 여린 꽃들은 소녀와 동일시되기도 합니다. 그런 의미에서 보면 이 부분도 소녀의 죽음을 짐작할 수 있게 하는 장치가 됩니다.

이렇게 문학 작품에서 앞으로 전개될 사건을 미리 짐작하게 하는 것을 '복선'이라고 해요. 복선은 소설을 보다 짜임새 있게 해주는 구실을 하지요. 〈소나기〉는 복선을 효과적으로 사용하여 완성도가

높아진 대표적인 작품이에요.

　어느 날 갑자기 찾아와서 소년의 마음을 온통 흔들어놓은 뒤, 또 어느 날 갑자기 소년의 눈앞에서 사라져버린 소녀. 소년과 소녀의 사랑과 이별, 그리고 그 여운이 마치 소나기 같지 않나요? 잠깐 동안 강렬하게 퍼붓고는 또 언제 그랬냐는 듯이 활짝 개지만, 공기 중에 남아 있는 습기가 소나기가 왔었다는 사실을 알 수 있게 해주는 것처럼 말이죠.

소녀는 왜 입던 옷을 그대로 입혀서 묻어달라고 했나요?

여러분은 혹시 사람이 죽어서 하늘나라로 갈 때 입는 옷이 따로 있다는 걸 알고 있었나요? 그 옷을 '수의'라고 합니다. '수의(壽衣)'는 죽은 사람의 몸을 깨끗이 씻긴 다음에 입히는 옷을 말하죠.

소녀가 죽기 전에 가족들에게 '입은 옷 그대로 묻어달라'고 하는데, 그렇다면 소녀는 우리나라의 장례 풍습과 수의에 대해서 알고 있었던 것 같아요. 그리고 소년의 부모님이 나누는 대화에 소녀가 죽으면 윤 초시 댁 대가 끊길 거라는 내용이 나오는데, 이로 볼 때 소녀는 어린 시절부터 죽음을 가깝게 접하고 보아왔던 것 같아요.

어쨌거나 자신이 입던 옷을 그대로 입혀서 묻어달라고 한 것은 일종의 유언이 아니었을까요? 소녀가 입고 있던 옷은 다름 아닌 소년과 함께했던 순간에 입고 있던 옷, 흙물이 들어 지워지지 않던 그 옷이에요. 그러니까 자신을 잊지 말고 기억해 달라는 말과 자신도 소년을 기억하겠다는 말을 대신 전하고 있는 것이라 할 수 있겠네요.

이 소설은 소년과 소녀의 만남과 헤어짐이 반복되다가 결국 영원한 이별로 끝나요. 하지만 소녀의 유언을 통해 두 사람은 영원히 헤어지는 게 아니라 오히려 영원한 만남을 이루게 되는 것입니다. 소녀의 유언에 따른다면 두 사람이 하나가 된 상태가 영원히 지속될 수 있을 테니까요.

하지만 소년은 소녀의 유언을 부모님이 주고받는 말을 듣고 알게 돼요. 소녀는 자신의 마지막 말이 소년에게 전해질 줄 모르고 유언을 남겼겠지만, 소년은 이것을 고스란히 듣게 된 거죠. 그때 소년의 심정은 어땠을까요? 어린 나이에 소중한 사람을, 그것도 작별 인사도 못 한 채 떠나보낸 상처가 얼마나 컸을까요? 아마 소년은 소녀를 평생 잊을 수 없을 거예요. 소녀가 남긴 말을 평생 기억할지도 모르죠. 그렇지만 소년은 잊을 수 없는 상처를 딛고, 아이에서 어른으로 커나갈 것입니다.

우리나라의 장례 풍습

사람이 죽으면 치르는 의식을 '장례식'이라고 해요. 우리나라 장례 문화는 대부분 유교 의식에 따른 것이죠. 그럼 우리나라의 장례 풍습에 대해 알아볼까요?

조선 시대에는 사람이 죽으면 그 사람이 입었던 웃옷을 들고 지붕에 올라가 크게 소리쳐 죽음을 알렸어요. 이를 '부음(訃音)'이라고 하죠. 그다음에는 시신을 잘 씻겨서 수의를 입힌 다음 가지런히 눕혀요. 수의는 사람이 죽어서 입는 옷이니만큼, 잘 차려입었다는 느낌이 들도록 정성스럽게 준비를 했죠. 잘사는 양반들은 비단으로 수의를 준비했지만, 살림이 넉넉하지 않은 사람들은 명주로 된 수의를 준비했다고 해요. 수의를 입히는 것을 '염습'이라고 하는데, 염습한 시신은 3일에서 5일 정도 살아 있는 사람과 같이 대했다가 비로소 '입관'이라 해서 관에 넣어요. 입관한 뒤에 처음으로 지내는 제사를 '초상'이라고 해요. 사람이 죽으면 '초상났다'고 하는 말 들어보셨죠? 초상을 치르고 관을 상여로 옮겨서 묻을 곳으로 가기 전에 하는 의식을 '발인'이라고 해요. 요즘에는 대부분 국화꽃으로 장식한 검은 자동차를 타고 움직이지만, 예전에는 관을 옮기는 상여가 있었어요. 상여를 짊어지고 죽은 사람과 관련이 깊은 곳을 들러 지내는 제사인 '노제'를 지낸 뒤 비로소 묻을 곳에 가서 무덤을 파고 관을 넣어요. 그다음에는 흙을 다져 볼록하게 만드는 '달구질'을 하죠. 달구질까지 하면 죽은 사람의 무덤이 완성돼요. 하지만 이게 전부가 아니에요. 죽은 뒤 1년이 지나 처음 돌아오는 날 지내는 제사를 '소상'이라 하는데, 이때 더 이상 상중이 아님을 표시하는 '탈상'이라는 것을 해야 비로소 장례 의식이 끝나요. 예전에는 탈상하기까지 거의 3년 동안을 베옷

을 입거나 흰 천 등을 옷에 달아 상중임을 표시했다고 해요. 하지만 요즘에는 1년 혹은 49일, 더욱 간단해져서 초상 때까지만 표시하고 탈상을 하는 경우가 많아요.

이게 다예요?

소녀가 이사 가기 전날 밤, 소년은 자리에 누워서도 생각을 멈추지 못하고 있습니다. 떠나는 소녀를 마지막으로 찾아가 볼까, 가면 만날 수는 있을까…….

그러다 소년은 깜박 잠이 듭니다. 그런데 잠결에 어머니와 아버지가 대화를 나누는 소리가 들려와요. 마을에 갔던 아버지가 돌아오셨나 봐요. 아버지는 윤 초시 댁 이야기를 하고 있었습니다. 그 많던 전답을 다 팔고, 대대로 살던 집도 팔았다고요. 그리고 이어, 소녀의 이야기가 흘러나옵니다.

윤 초시 댁은 남자아이 둘을 어린 나이에 떠나보냈고, 증손자라고는 소녀 하나만 남아 있었습니다. 하지만 평소 몸이 약했던 소녀가 소나기를 맞고 온 뒤로 여러 날을 앓는데도, 가세가 기운 윤 초시 댁에서는 변변한 약도 제대로 써보지 못했죠. 그렇게 소녀는 세상을 떠났습니다. 그런데 소녀는 죽기 전에, 자기가 죽으면 입던 옷을 꼭 그대로 입혀 묻어달라고 했어요.

〈소나기〉는 이 장면을 끝으로 마무리됩니다. 끝이 좀 허무하기도 하고, 소녀가 죽었다는 결말이 충격적이기도 하죠? '아니, 소녀가 죽었단 말이야? 이렇게 끝이 난 거야? 끝이 뭐 이래?'라는 생각이 들지도 모르겠네요.

'소녀가 죽었다는데, 소년이 어떻게 했을까? 소년의 충격이 얼마나 컸을까?' 그게 참 궁금한데, 작가는 그 이야기를 해주지도 않고 비극적인 결말에 대해 조금의 애석함도 드러내지 않습니다. 그저 소녀가 죽었다는 것을 소년이 알게 되는 것으로 끝을 맺죠.

이 결말에 대해 이렇게 한번 생각해 보면 어떨까요? 작가가 의도적으로 소년의 반응이나 심리를 보여주지 않은 것이라고요. 독자의 몫으로 남겨놓기 위해서 말이죠.

마지막 부분에 '소녀의 죽음'이라는 충격적인 소식을 접한 소년의 반응이 나타나지 않기 때문에, 우리는 이 소설을 읽고 무궁무진한 생각을 할 수 있습니다. '소년은 얼마나 슬펐을까?', '소녀는 소년과의 추억을 영원히 간직하고 싶었구나!', '소년도 소녀와의 추억을 영원히 간직하며 살겠구나!', '소년은 슬픔을 안은 채 커가겠구나!', '소녀의 죽음을 통해 소년은 인생의 슬픔과 비극을 알게 되고, 그것을 통해

소년은
얼마나 슬펐을까?

이렇게 끝난 거야?

성장해 나가겠구나!', '결국 이 소설의 주인공은 소년이고, 소년의 사랑과 성장을 그리고 있구나!' 등의 생각을요. 이런 생각에서 더 나아가 독자 스스로 작가가 되어 그 뒷이야기를 상상해 보거나 써볼 수도 있겠죠.

이렇듯 독자의 상상에 그 뒷이야기를 맡기는 결말을 '열린 결말(개방적 결말)'이라고 해요. 〈소나기〉는 열린 결말을 택함으로써 판단 대신 여운을 남기는 소설이 되었어요. 소녀의 죽음에 대한 소년의 반응이 나타나지 않은 채로 끝났기에 두 사람의 끝나지 않은 사랑, 미처 표현되지 않은 것에 대한 여운이 더 강렬한 인상으로 남게 된 거죠.

여러분은 이 첫사랑 이야기를 쉽게 잊을 수 없을 거예요. 아무것도 모르던 순수한 소년이 아름답고도 슬픈 경험을 통해 아픔을 간직한 어른으로 성장하듯이, 여러분도 소년의 마음을 함께 느끼면서 한층 성장할 테니까요.

소녀가 너무 불쌍해!

소년은 어떻게 슬픔을 이겨 냈을까?

죽기 전에 한 번이라도 더 만났으면 좋았을 텐데.

〈소나기〉의 또 다른 결말

만약 〈소나기〉 결말 부분에 몇 문장이 더 있었다면 이 소설의 느낌이 어떻게 달라질까요? 실제로 이 소설이 처음 발표될 때 결말에 네 문장이 더 있었다는 주장이 있어요.

황순원 소설 〈소나기〉 원제목은 〈소녀(少女)〉…… 원본 발굴

황순원 소설 〈소나기〉의 원제목은 〈소녀〉이며, 결말 부분도 네 문장이 더 있다는 주장이 제기됐다. 한성대학교 한국어문학부 김동환 교수는 《문학교육학 26집》에 게재한 〈초본과 문학 교육〉에서, 소설 〈소나기〉는 지금까지 1953년 5월 《신문학》이라는 잡지에 실린 것이 초본이자 원본처럼 알려져 있었다며, 그러나 발표 시기는 늦지만 같은 해 11월 《협동》이라는 잡지에 실린 〈소녀〉라는 제목으로 발표된 것이 초본에 가깝다고 주장했다. 1953년 11월 《협동》에 실린 〈소녀〉는 〈소나기〉 통용본과 내용상 큰 차이는 없지만 결말 부분에 네 문장이 더 있다. 〈소나기〉 통용본은 "그런데 참 이번 기집애는 어린것이 여간 잔망스럽지가 않어. 글쎄 죽기 전에 이런 말을 했다지 않어? 자기가 죽거든 자기 입던 옷을 꼭 그대로 입혀서 묻어달라구……."라며 결말을 맺는다. 하지만 〈소녀〉에는 〈소나기〉의 결말 부분 이후, "아마 어린것이래두 집안 꼴이 안될 걸 알구 그랬던가 부지요?" / 끄응! 소년이 자리에서 저도 모를 신음 소리를 지르며 돌아누웠다. / "쟤가 여적 안 자나?" / "아니, 벌써 아까 잠들었어요. 애, 잠꼬대 말구 자라!"라는 네 문장이 덧붙여 있다.

김 교수는 〈소나기〉 통용본보다 《협동》에 실린 〈소녀〉의 결말 부분에 네 문장이 더 많은 점을 들어 〈소녀〉를 원본으로 보고 있다. 이 같은 근거로 황순원 선생의 제자였던 경희대학교 김종회 교수가 2001년 《경희어문학 21집》〈황순원 선생이 남긴 숨은 이야기들〉에서 "다만 〈소나기〉의 그 빼어난 결미에 관해서는 선생께 들은 말씀이 있다. 원래의 원고에서 소년이 신음 소리를 내며 돌아눕는

다는 끝 문장이 있었는데, 절친한 친구 원응서 선생이 그것은 사족이니 빼는 것이 좋겠다고 권유했다는 것이다."라고 회고한 부분을 제시하고 있다. 또 김 교수는 표기법도 〈소녀〉의 경우 맞춤법에 어긋나는 경우가 다수 발견됐지만 이후 《신문학》에 실린 〈소나기〉부터는 이를 바로잡아 선후 관계를 짐작해 볼 수 있다고 강조했다.

김동환 교수는 황순원 선생이 초본을 《협동》이라는 잡지에 먼저 전달했지만 잡지 발간이 늦어지면서 《신문학》에 수정본인 〈소나기〉가 앞서 실린 것으로 보인다며, 당시 한국전쟁 직후의 우리나라 문학계 사정을 볼 때 금전적인 문제 등으로 인해 《협동》의 발간이 늦어졌던 것이 아닌가 추정해 본다고 말했다.

김종회 교수는 〈소나기〉 원본이 발굴됐다는 것은 문학사적으로 하나의 사건이라고 할 수 있다며, 소년이 신음 소리를 내며 돌아눕는다는 문장이 있었는데 뺐다는 말을 황순원 선생께 직접 들었다고 밝혔다. 이어 김종회 교수는 당시 상황 등을 고려해 볼 때 〈소녀〉가 먼저 발표돼야 했는데 나중에 실렸다는 김동환 교수의 추정은 충분히 근거가 있다고 덧붙였다.

황순원 선생의 아들인 황동규 교수는 아버지에게 〈소나기〉의 원본과 관련해서 직접 얘기를 들은 적은 없다며, 〈소나기〉의 원본이 발굴됐다면 독자들이 어떻게 받아들일지는 모르겠지만 아버지의 작품을 연구하는 데는 필요할 수 있을 것이라고 평가했다.

_《뉴시스》 2008년 9월 18일자

작품 밖 세상
들여다보기

시대

작가

작품

독자

작가 이야기
황순원의 생애와 작품 연보

시대 이야기
1952~1953년

엮어 읽기
첫사랑, 가슴 설레는 소설들

다시 읽기
매체로 재생산되는 〈소나기〉

독자 이야기
'나의 첫사랑'을 소재로 소설 쓰기

황순원의 생애와 작품 연보

1915(3월 26일)　평남 대동군 재경면 빙장리에서 태어남.
아버지 황찬영과 어머니 장찬붕의 맏아들로 태어났다. 그의 집안은 조선 영조 때 '황고집'이라고 불린 유명한 효자 집안으로, 조상 공경과 강직 결백함이 이름 높아《국사대사전》에도 올라 있다. 가문의 기질적 전통이 황순원과 그의 장남인 시인 황동규의 삶에 많은 영향을 미쳤다.

1921(7세)　평양으로 이사하여 숭덕소학교에 입학함.
스케이트도 타고, 철봉이나 축구도 했으며, 바이올린 레슨도 받았다. 소학교 시절 이중섭과 함께 학교를 다녔다.

1926(12세)　소주를 처음 마심.
열두 살 때 체중을 내리기 위해 소주를 처음 마셨다. 문학보다 술을 먼저 알았던 것이다. 그때 반 홉씩 마셨으니 나이에 비추어 주량이 적은 편은 아니었다.

1929(15세)　남강 이승훈 선생을 만나 그의 기개와 인품에 영향을 받음.
오산중학교에 입학하여 건강 때문에 다시 평양의 숭실중학교로 전학하기까지 한 학기를 정주에서 보낸다. 재학 시절 남강 이승훈의 단아한 풍채와 인품에 매료돼 '남자가 저렇게 늙을수록 아름다워질 수도 있는 것이로구나.' 하고 탄복했다고 한다.

1930(16세)　시를 쓰기 시작함.
숭실중학교에 다닐 때 시를 쓰기 시작한다. 시인에서 출발하여 단편소설 작가로, 다시 장편소설 작가로 발전해 간다.

1931(17세)　〈봄싹〉 등 동요 여덟 편과 단편소설 〈추억〉을 《동아일보》에 독자 투고 형식으로 발표하고, 시 〈나의 꿈〉을 《동광》에 발표함.
단편소설 〈추억〉은 '소년소설'이라는 부제를 붙였다. 중학생 소년 영일이 젊은 처녀의 사진을 품에 넣고 다니다가 동료들에게 놀림을 당하고 선생님에게 꾸중을 듣는 등 소년기 체험을 그린 소설이다.

1932년 6월 27~29일에는 희곡 〈직공 생활〉이 《조선일보》 독자 문예란에 실렸는데, 공장에서 일하는 남매와 병든 어머니에게 닥친 경제적 궁핍과 고통을 다뤄 당시 조선 민중의 삶의 실상을 극적으로 구현했다.

황순원은 중학생 때 이미 기성 문단에 관여하고 있었다. 7월에 처녀시 〈나의 꿈〉을, 9월에 〈아들아 무서워 말라〉를 《동광》에 발표하기 시작하여 시 창작과 발표를 거듭했으며, 1932년 5월 〈넋 잃은 그대 앞가슴을 향하여〉가 《동광》 문예 특집호에 발표됨과 함께 주요한으로부터 김해강, 모윤숙, 이응수와 더불어 신예 시인으로 소개를 받았다.

1934(20세) 일본 동경 와세다 제2고등학원에 입학하여 첫 시집 《방가》를 간행함.

이 시집은 양주동의 서문과 시인의 짧은 머리말, 스물일곱 편의 시를 수록했다.

1935(21세) 양정길과 결혼함.

평양 숭의여학교 문예반장을 지냈고, 당시 일본 나고야 금성여자전문 학생이던 동갑내기 양정길을 일생의 반려자로 맞이한다.

1936(22세) 와세다대학 문학부 영문과에 입학하여 두 번째 시집 《골동품》을 발행함.

3월 동경에서 발행되던 《창조》의 동인이 되어 시를 발표하고, 5월 두번째 시집 《골동품》을 발행한다. '동물초', '식물초', '정물초'의 세 부분으로 구성된 이 시집은 사물을 극도로 축약시켜 순간의 기지로 포착하는 시적 통찰성이 잘 드러난다.

1937(23세) 《창작》에 소설 〈거리의 부사(副詞)〉를 발표함.

드디어 소설을 발표하기 시작한다. 〈거리의 부사〉는 원고지 30매 정도의 길이인데, 동경에서 이 집 저 집 떠돌아다니며 사는 조선인 유학생의 궁핍한 일상이 극명하게 묘사되고 있다. 나중에 황순원은 소설로의 전환에 대해 "나는 소설 속에 더 넉넉한 시를 담을 수 있다는 생각을 하고 소설을 써왔다."라고 하였다. 소설에 서정시와 같은 특질이 나타나는 이유라고 할 수 있다.

1938(24세) 장남인 황동규가 태어남.

장남 동규를 1938년에 얻고, 2년 후 차남 남규, 3년 후 딸 선혜, 3년 후 삼남 진규를 얻음으로써 3남 1녀의 아버지가 되고, 동규를 얻은 이 듬해 스물다섯의 나이로 와세다대학을 졸업한다.

장남 황동규 시인이 어렸을 때 "왜 우리 집은 일본어를 가르쳐주지 않느냐?"라고 물었을 때 "내가 자식을 잘못 가르쳤다."라고 통곡하며 자식의 가슴에 국어 사랑의 정신을 깨우쳐주었다고 한다.

1940(26세) 첫 단편집 《황순원 단편집》을 출간함.

이 소설집에 실린 작품은 현재형 문장이 많고 감각적 묘사가 두드러진다. 비평가 김현은 이를 두고 "그가 단편까지를 시의 연장으로 본 것이 아닐까."라는 추측을 했고, 황순원은 이에 대해 〈자기 확인의 길〉(1951)에서 "시가 없어 뵈는 나 자신에 대해 소설로써 내게도 시가 있다는 확인을 해 보인 것은 아닐까."라고 기술해 놓았다. 그해 일생의 지기(知己)인 원응서를 만난다.

1941~44
(27~30세) 일제의 한글말살정책 때문에 단편들을 써두기만 하고 발표는 보류함.

1941년 2월 《인문평론》에 발표된 〈별〉과 〈그늘〉 두 편을 제외한 나머지 열세 편은 태평양전쟁 발발 이후 일제의 한글말살정책으로 발표되지 못하고 "그냥 되는 대로 석유 상자 밑이나 다락 구석에 틀어박혀 있을 수밖에 없었던" 것인데, 황순원은 술상을 가운데 놓고 원응서에게 작품을 낭독해 주곤 했다. 친구인 원응서가 그의 유일한 독자였던 셈이다. 또한 〈고향의 봄〉을 지은 이원수와 셋이서 친했는데, 세 사람의 이름에 '으뜸 원(元)' 자가 차례로 들어가 있어서 예사롭지 않게 생각했다.

1945(31세) 시 〈그날〉과 단편소설 〈술〉을 발표함.

1943년 일제 말기의 어렵고 뒤숭숭하던 시절을 피해 고향인 빙장리로 갔던 황순원은 계속 단편소설을 쓰다가 해방을 맞아 1945년 9월 평양으로 돌아와 시 〈그날〉을 비롯한 몇 편과 단편소설 〈술〉을 썼으며, 처음이자 마지막으로 라디오 드라마를 한 편 쓰기도 했다.

1946(32세) 월남하여 서울에서 고등학교 교사 생활을 시작함.

해방이 되자 지주 계층 출신이었던 황순원은 신변의 위협을 느끼고 1946년 3월과 5월에 걸쳐 서울로 월남하여 서울고등학교 교사 생활을 시작한다.

1947(33세)　　장편소설《별과 같이 살다》를 발표함.
　　　　　　　　월남 후에도 계속 시와 단편소설을 발표하다가 1947년《별과 같이 살다》를 시작으로 장편소설을 발표하게 된다.

1948(34세)　　단편집《목넘이 마을의 개》를 출간함.
　　　　　　　　'목넘이'는 작가의 외가가 있던 평안남도 대동군 재경면 천서리의 명칭으로, 1948년 12월 해방 후에 쓴 단편 일곱 편을 모은 단편집《목넘이 마을의 개》를 출간한다.

1950(36세)　　한국전쟁으로 인해 피란 생활을 함.
　　　　　　　　2월 첫 장편《별과 같이 살다》를 출간했으며, 6월 한국전쟁으로 인해 경기도 광주로 피란했다가 일사후퇴 때 부산으로 피란한다.
　　　　　　　　1952년 발표한 단편〈곡예사〉에는 전쟁 중 가족의 어려움과 피란살이의 설움, 뜨거운 가족 사랑이 작가의 극한 울분으로 잘 드러난다. 피란 중에도 교사 생활을 했고, 부인과 아이들은 길거리에서 신문과 껌을 팔았다. 이때 황순원은 인간은 능숙한 곡예사라 생각했고, 소설 속에도 자연과 인생에 대한 환멸과 쓰라림이 스며들었다.

1951(37세)　　단편집《기러기》를 출간함.
　　　　　　　　〈독 짓는 늙은이〉가 수록된 단편집《기러기》가 1951년에 출간되었다. 작품 열네 편이 실려 있는데, 〈독 짓는 늙은이〉는 〈소나기〉, 〈산골 아이〉, 〈황노인〉, 〈별〉과 함께 영어와 프랑스어로 번역되어 해외에 소개되기도 했다.

1953(39세)　　단편소설〈학〉과 〈소나기〉를 발표함.
　　　　　　　　1953년 5월 단편〈학〉을《신천지》에, 〈소나기〉를《신문학》에 발표했고, 9월〈카인의 후예〉를《문예》에 연재하기 시작했다.

1954(40세)　　《카인의 후예》를 단행본으로 출간함.
　　　　　　　　《카인의 후예》는 해방 직후가 시대적 배경이며, 지주 계급이 탄압받는 이야기이다. 황순원 가문의 자전적인 이야기이며 월남할 수밖에 없었던 배경도 드러난다.

1957(43세)　　경희대 문리대 조교수가 됨.
　　　　　　　　1957년 경희대 문리대 조교수가 되어 안정된 생활을 하게 되면서 창작 활동에 몰두한다. 수많은 단편과 다섯 편의 장편을 집필하고 김광섭, 주요섭, 김진수, 조병화 등과 더불어 많은 문인 제자들을 길러냈다.

1958~64
(44~50세)

1958년에 여섯 번째 창작집 《잃어버린 사람들》을, 1960년에 《나무들 비탈에 서다》를, 1964년에 《일월》을 출간함.

1968(54세)

〈움직이는 성〉을 발표함.

이 시기를 전후하여 작품들이 중·고등학교 교과서에 수록되고 한국문학 전집이나 선집에 수록되며, 영어, 불어, 독일어 등으로 번역되어 해외에 소개되는가 하면, 여러 작품이 영화로 만들어진다. 작가 자신도 문예지의 추천 위원이나 여러 종류의 시상에서 심사 위원을 맡으면서 확고한 문단 원로의 지위를 획득한다.

1973(59세)

친구인 원응서가 죽음.

삼중당에서 《황순원 문학 전집》 일곱 권을 출간함.

1972년 12월에 부친상을, 1974년 1월에는 모친상을 당한다. 1973년 11월에는 누구보다도 그의 문학을 이해해 주고 동고동락하던 친구 원응서를 잃는다. 술을 좋아했으나 한 번도 술로 흐트러지는 모습을 보이지 않은 그는, 원응서가 죽자 그에게 '마지막 잔'을 바친 것으로도 유명하다. 그는 어느 술자리에서건 마지막 잔은 "응서, 자네 것이네."라고 산 사람 대하듯 하며 빈 그릇에 쏟아붓곤 했다.

1976(62세)

단편집 《탈》을 출간함.

1965년부터 1975년까지 11년간 쓴 단편을 모은 것으로, 노년이나 죽음의 문제를 다루고 있는 작품이 대부분이다.

1977(63세)

《한국문학》에 〈돌〉, 〈늙는다는 것〉, 〈고열로 앓으며〉, 〈겨울 풍경〉 등의 시를 발표함.

가끔씩 시를 쓰고 발표해 오던 황순원은 다시금 시 창작에 마음을 쏟기 시작한다. 1972년 한 대담에서 "문학이나 미술이나 음악이나 간에 모든 창조적인 예술은 시적인 근원이라는 것을 생각할 필요가 있어요. 이럴 경우 시란 문자로 쓰인 시가 아닌 원초적인 생명의 호흡이랄까 그러한 것을 말하는 거지요."라고 했다.

1980(66세)

경희대 교수직에서 정년 퇴임함.

23년 6개월 동안 단 한 가지의 보직도 갖지 않은 채 평교수로 살았으며 퇴임 후에도 명예 교수로 후학을 양성했다. 경희대 재직 시절 대학 측에서 문학박사 학위를 제의했으나 "소설가로 충분하다."라며 거절했다.

1982(68세)

일곱 번째 장편소설인 《신들의 주사위》를 출간함.

이 작품은 농촌의 소읍과 중산층 가정을 중심으로 새로운 문물과 가치관의 유입을 보여주며, 현대사회의 교육, 공해, 통치 문제 등을 복합적인 시각으로 조명하였다.

1985~88
(71~74세)
고희 기념 작품집《말과 삶과 자유》를 출간함.
1985년부터 1988년까지 여섯 차례에 걸쳐 발표된《말과 삶과 자유》
는 수필 형식의 짧은 글들로, 세계와 인간관계의 섭리와 신의 존재를
바라보는 생각이 들어 있다.

1992(78세)
시 〈산책길에서 1〉, 〈죽음에 대하여〉 등을 발표함.
1992년 2월 일흔여덟의 나이에도 불구하고 한 치의 흐트러짐도 없는
시상으로 〈산책길에서 1〉 등 여덟 편의 시를 발표했다. 평일에는 부인
과 산책을 하고 일요일에는 교회를 다니며, 몇 달에 한 번 제자들과
저녁을 먹는 일 외에 바깥나들이를 삼가는 나날의 일부분이 이 시편
들에 나타난다.

2000(86세)
9월 14일 타계함.
추석 연휴 마지막 날인 13일 밤 서울 사당동 자택에서 "미열기가 있
다."라면서 해열제 한 알을 복용하고 자리에 누웠다. 14일 아침, 부인
이 아침상을 들고 방문을 열었을 때 평온하게 누워 있었다. 그의 마지
막 모습이었다. 정호승 시인은 "세속에 물들지 않으면서 작품과 삶을
일치시킨 높은 품격과 기개로 작가 정신을 내보인 분"이라며 그를 기
렸다.

전쟁과 자유사상

인류의 전 역사를 통하여 전쟁 없는 평화는 없었다 하리만큼 전쟁과 평화는 교체하는 현상이었다. 인류가 욕구하는 것은 전쟁이 아닌 평화, 그리고 지배가 없는 자유였다. 평화를 얻기 위하여 전쟁이 필요했다는 것은 역사가 증명하는 사실이다. 평화를 원하는 인간이 평화를 위하여 전쟁을 한다는 것은 큰 모순이 아닐 수 없다. 그러나 이 큰 모순이 사실임은 부인할 수 없는 것이 현실이다. 또한 서구의 르네상스 이후 인간은 개인의 존경성을 주장하는 자유를 획득하기 위하여 피 흘리는 전쟁을 계속하여 오고 있다. 제2차 세계대전 후의 인간은 원자탄의 공포까지 더하여 극도로 전쟁을 무서워하고, 유엔을 만들어 운영하여 가면서 전쟁을 피하고자 노력하면서도 극심한 냉전을 계속하더니, 드디어는 한국에서 무력전을 일으키고야 말았다. 이 전쟁에서 유엔은 자유와 민주주의를 옹호하기 위하여 한국에 병력을 파견하여 공산 침략마와 피를 흘리며 싸우고 있다. 이것은 유사 이래 처음 보는 거대한 일이고, 국가와 민족을 초월하여서까지 자유와 민주주의를 수호한다는 것을 증명하는 사실이다. 전쟁을 통해서라도 전 세계가 자유를 갈망하고 있는 것이다. (1952)

미풍양속을 저버리는 세태

치안국에 들어온 보고에 의하면 경북 의원군에 사는 김유순은 지난 21일 오전 열한 시경 자기의 처 이정순과 언쟁 끝에 주먹으로 머리 등을 때려 죽게 하였다. 이에 김 씨는 발각될 것을 두려워하여 피해자의 목을 매달아 자살한 것처럼 가장해 두었다 한다.

음성군 음성면에 사는 장석빙 씨의 처 김홍년은 몇 해 전 남편과 사별하게 되어 어린 딸 전금순을 데리고 장 씨에게 재가하여 동거 생활을 하여 오던 중 장 씨가 금순이를 몹시 싫어하는 기색이 보임으로, 지난 15일 오전 일곱 시경 김 씨가 어린 딸 금순이를 동리에 있는 깊은 못에 던져 익사케 한 후 시체는 유기해 버렸다 한다. (1952)

남자가 여자로

이번에 나이 스물여섯 살의 미국 병사가 남성으로부터 여성으로 변하였는데, 이 조화를 부리게 한 약방문을 보면, 호르몬 주사를 2년간 계속하여 맞은 후 여자로서 필요한 수술을 받았다고 한다. 그런데 이 여자가 참말로 여자의 자격을 갖추었느냐는 것은 애를 낳을 때까지 두고 보아야 할 일이다. (1952)

시대를 역행하는 청년에게

민족의 흥망을 좌우하는 결전의 괴로움 속에서 전선과 후방이 한 덩어리가 되어 통일 성전을 수행해야 할 이 마당에, 시대를 망각하고 신분에 어그러지는 짓을 하는 일부 청년이 있으니 이 어찌 통분할 바 아니랴?

이들은 그 지도자들의 정신을 망각하고 조직 체계에 오명을 끼치는 행동을 거리낌 없이 하고 있으니, 앞으로 지도자들의 세심한 감독이 요청되는 바다. 예컨대 통행금지 단속을 하는 것은 좋다. 그러나 밤거리를 다니는 행인에게 좋지 못한 말과 행동을 하는가 하면, 피란 생활 가운데 생명을 유지하기 위하여 장사하려고 뼈아프게 모은 돈으로 과자를 사 가지고 가는 부녀자를 희롱타가 여자의 말이 고분고분하지 않다고 해서 그 여자의 과자 그릇에 물을 부어 못 쓰게 만드는 만행 등을 하고 있으니 한심하다 할 수밖에. (1952)

대정부 질의 하건 말건

정부와 국회가 환도 후 처음으로 한자리에서 당면 정책을 진지하게 논의하게 되어, 방청석은 연일 초만원을 이루고 있다. 하지만 전 국민이 지대한 관심을 가지고 기쁜 소식을 기다리는 심각한 순간임에도 불구하고 일부 국회의원 중에는 남이야 질문을 하건 말건 답변을 하건 말건 낮잠을 자고 잡담을 하고 신문을 보고 있는 이들이 있어, 이를 지켜보고 있던 방청객들의 빈축을 샀다. 첫날보다도 다음 날 질문 때 더욱 그런 경향이 많았는데, 이는 다 알고 있는 사실이라 지루한 감에서 빚어지는 얼일지도 모르나, 피폐한 국민들의 기대를 양어깨에 맡아 짊어지고 온 국회의원으로서, 이런 상태는 없어야 할 것을 국민은 기대하고 있다. (1953)

첫사랑, 가슴 설레는 소설들

1. 같은 첫사랑 다른 느낌, 김유정의 〈동백꽃〉

1936년에 발표된 김유정의 소설 〈동백꽃〉
에 등장하는 '나'와 '점순이'의 첫사랑은 〈소
나기〉의 '소년'과 '소녀'가 보여주는 사랑과는
어딘가 닮은 듯하면서도 달라요.

 한 마을에서 이웃으로 사는 점순이와 '나'
는, 사는 형편도 타고난 성격도 참 많이 다
릅니다. 마름 집 딸 점순이는 어른들 농담
을 천연덕스럽게 받아치는가 하면, 있는 집
딸답게 사랑에도 적극적이에요. 그런 점순이 눈에 어느 날 '나'가 들
어오죠. 점순이는 봄바람처럼 찾아온 첫사랑을 더운 김이 홱 끼치는
봄 감자로 표현했지만, 눈치가 없는 건지 없는 집 처지에 자존심이
상한 건지 '나'는 점순이의 관심을 모르는 척 무시해 버립니다. 여자
가 한을 품으면 오뉴월에도 서리가 내린다는 말처럼, 그 뒤로 점순이
의 복수는 끊이지 않고 계속됩니다. 하지만 티격태격 다투는 속에서
점순이와 '나' 사이에는 핑크빛 사랑이 피어나지요.

 그리고 뭣에 떠다밀렸는지 나의 어깨를 짚은 채 그대로 퍽 쓰러진다.

그 바람에 나의 몸뚱이도 겹쳐서 쓰러지며, 한창 피어 퍼드러진 노란 동백꽃 속으로 폭 파묻혀 버렸다. 알싸한 그리고 향긋한 그 냄새에 나는 땅이 꺼지는 듯이 온 정신이 고만 아찔하였다.

이루지 못한 첫사랑의 아련함보다는 다가올 날들에게 대한 기대가 더해지는 첫사랑의 색다른 모습을 발견할 수 있는 이야기입니다.

2. 요즘 첫사랑, 이금이의 〈첫사랑〉

21세기를 살아가는 열세 살 동재의 첫사랑. 연아를 향한 동재의 사랑은 〈소나기〉에 나오는 소년의 마음과 크게 다르지 않아요.

> 연아가 어떻게, 왜 좋은지 설명할 수 없고, 한 교실에 있다는 것만으로도 좋았다.

한 번도 사랑을 안 해본 사람이 아니고서야 동재의 이런 마음을 모를 리 없지요. 소년과 소녀, 동재와 연아가 아니라도 누구에게나 첫사랑은 언제나 풋풋하고 싱그러운 추억으로 다가옵니다. 그렇지만 어떤 사람들에게는 동재의 첫사랑이 조금 새롭게 다가올 수도 있어요. 동재는 동생 은재에게 코치를 받아가며 연아에게 선물 공세에, 프러포즈까지 합니다. 〈소나기〉에서 소년과 소녀의 사랑과는 달리 진도도

빠르고 정리도 빠르죠. 그래도 좋아하는 사람을 생각하는 그 설렘이
나 풋풋함만큼은 다르지 않은 것 같아요.

　이 글을 읽는 또 하나의 재미는 열세 살 동재의 사랑만이 아니라
사랑의 여러 가지 모습을 살펴볼 수 있다는 점이에요. 한쪽의 일방적
인 희생 때문에 이혼하게 된 동재의 부모님, 필요에 의해 재혼했으나
한 가족이 되기 위해 노력하고 있는 동재와 은재 가족, 늘그막에 만
나서도 첫사랑의 추억을 잊지 못해 다시 사랑을 시작하는 이웃 할머
니와 할아버지, 그리고 친엄마의 외국인 남자 친구까지. 사랑하는 마
음은 같아도 모습은 참 제각각입니다.

　늘 아련한 기억으로 남는 엄마 세대의 첫사랑부터 쉽고 빠른 우리
세대의 첫사랑까지, 첫사랑의 여러 모습을 아울러 보며 참사랑의 의
미를 생각해 볼 수 있어요.

3. 다른 나라의 첫사랑,　알퐁스 도데의 〈별〉

프랑스의 뤼브롱 산에서 양을 치는 목동이
첫사랑 주인 아가씨를 향해 담아두었던 이
야기를 풀어내고 있어요.

　사람 사는 이야기가 그리워, 보름에 한 번
씩 식량을 실어 오는 심부름꾼마저 애타게
기다리는 이 외로운 목동에게 어느 날 갑
자기 아름다운 스테파네트 아가씨가 식량

을 들고 찾아와요. 감히 쳐다볼 수도 없는 주인집 따님이지만, 떨리는 가슴은 어쩔 수 없지요. 아가씨 눈엔 그저 산 위에서 외로이 양을 지켜야 하는 가엾은 처지의 목동이건만, 그 한 번의 만남으로도 목동의 기분은 두둥실 하늘을 나는 것 같습니다. 그렇게 아름다운 아가씨가 소나기 때문에 갑자기 불어난 소르고 강을 건너지 못하고 목동의 오두막에서 발이 묶이고 말지요. 주인 아가씨의 안전한 하룻밤을 최선을 다해 지켜내고 싶은 목동의 마음에서 소나기로부터 소녀를 지켜주었던 소년의 든든함을 느낄 수 있답니다.

가슴이 설렘을 어쩔 수 없었지만, 그래도 내 마음은, 오직 아름다운 것만을 생각하게 해주는 그 맑은 밤하늘의 비호를 받아, 어디까지나 성스럽고 순결함을 잃지 않았습니다.

4. 웬들린 밴 드라닌의 〈플라타너스 나무 위의 줄리〉

그 아이의 눈빛, 미소, 윤기 나는 머리카락, 그 너머를 보려고 하거라. 참모습을 보려고 말이야.

〈플라타너스 나무 위의 줄리〉는 중학교 2학년인 줄리와 브라이스의 사랑 이야기를 번갈아 가며 이야기해 줍니다. 줄리는 일곱 살 때, 옆집으로 이사 온 브라이스의 푸른 눈을 보고 첫눈에 반합니다. 그리고 브라이스와 별로 이야기해 본 적도 없지만 오로지 그의 외모에

반해 중학교 2학년이 될 때까지 쫓아다닙니다. 소심하고 겁이 많은 브라이스는 이런 줄리를 피해 다니기에 바쁘고요.

하지만 성장해 가면서 둘의 상황이 바뀝니다. 따뜻한 마음씨와 배려하는 것이 무엇인지 잘 아는 집안에서 자라는 줄리는 외모보다 내면의 세계를 밝게 키워가고, 브라이스는 이런 줄리의 특별한 면을 발견하였기 때문입니다.

〈소나기〉의 소년이 소녀와의 만남을 통해 성장하듯, 외모 너머 사람의 참모습을 보게 된 브라이스를 통해 더 큰 세상을 보게 될 것입니다.

5. 차오원쉬엔의 〈사춘기〉

시미의 행동이 갑자기 이상해졌다. 엄마의 거울을 보며 자기 모습을 뜯어보기 시작한 것이었다. 전에는 자기가 어떻게 생겼는지 관심도 없었고, 자기 얼굴을 굳이 들여다볼 생각을 하지 않았다. 시미는 거울 속 자신을 향해 눈을 찡긋해 보았다. 거울에 비친 사람이 새로 사귄 친구라도 되는 것처럼. 시미는 거울 속에 있는 자신의 모습을 처음으로 자세히 보고는 흠칫 놀라고 말 았다. 우아, 애가 시미라고? 왠지 조금 부끄러워졌다.

〈사춘기〉는 중국의 문화대혁명기, 다오샹두라는 시골 마을에 도시 지식 청년들이 하방(농촌 봉사)을 오면서 이야기가 시작됩니다. 시골 사람들에게 외모부터 눈에 띄게 구별되는 이들의 방문은 특별한 사건이지요. 시골 소년 시미의 집에도 우여곡절 끝에 몇 살 차이 나지 않는 예쁜 누나 메이원이 머물면서 이야기는 시작됩니다.

아버지가 조각가였던 메이원은 아무 데나 조각하고 낙서하길 좋아해 혼나는 일이 많았던 시미에게서 예술적인 재능을 발견하고, 시미는 메이원을 통해 조각이라는 좀 더 다듬어진 세상과 만나게 돼요. 교장 선생님인 아버지의 배려로 담임 교사가 된 메이원과 함께하는 시간이 많아지면서 시미는 자신보다 메이원을 배려하고, 메이원과 가깝게 지내는 또래 친구들에게는 질투도 하며, 자신의 새로운 모습을 발견하게 됩니다.

아름답게 묘사된 다오샹두 마을, 시미와 메이원의 만남과 헤어짐, 그리고 둘 사이의 사건은 〈소나기〉를 떠올리게 합니다. 소년에게 새로운 세상을 알려주었던 소녀와 시미에게 예술적 세계를 알려준 메이원의 모습도 겹쳐 보이고요. 떠나려는 소녀를 위해 호두를 따는 소년과 황금잉어를 잡는 시미의 모습도 비슷하네요. 이런 과정을 통해 사춘기를 경험한 시미도 소년처럼 성장해 가겠지요.

매체로 재생산되는 〈소나기〉

영화

〈소나기〉(1978)

〈소나기〉를 원작으로 한 최초의 영화 예요. 소년과 소녀의 '흑백 사진'을 만 난 느낌이지요? 원작의 뼈대와 대사는 거의 살리면서 주인공에게 '석이'와 '연 이'라는 이름이 붙여졌고, 더 많은 인

물과 사건이 추가되었으며, 구체적인 공간이 만들어졌습니다. 100분 의 러닝 타임을 만들기 위해 황순원의 〈산골 아이〉 가운데 소년의 꿈 장면을 삽입하고, 정신적·육체적 성숙을 이루는 영화 〈소나기〉 를 완성했다고 합니다.

〈소나기는 그쳤나요?〉(2004)

'소녀가 죽은 뒤 소년은 어떻게 살고 있 을까?'라는 생각에서 출발하는 영화예 요. 소년의 생활을 유머와 재치로 그려 낸 작품이죠. 소녀가 죽은 뒤 먹을 수

도 잘 수도 울 수도 없는 소년은, 소녀를 생각하며 자신의 마음을 달 랩니다. 이런 소년 앞에 서울에서 전학 온 또 다른 소녀가 등장해요.

〈엽기적인 그녀〉(2001)와 〈클래식〉(2003)

〈소나기〉는 수많은 영화에서 모티프나 에피소드가 차용되었어요. 그 만큼 '소년과 소녀의 성장과 사랑' 이야기의 기본이자 원형이라고 할 수 있죠.

영화 〈엽기적인 그녀〉에서는 새로운 〈소나기〉의 결말을 보여주었 어요. 소녀가 "소년을 산 채로 함께 묻어달라." 하는 유언을 남긴 거 지요. 코믹한 반전으로 그려지긴 했지만 소녀의 죽음을 극복하고자 하는 결말 구조에 중점을 둔 해석이라고 할 수 있습니다.

영화 〈클래식〉에서는 초등학생인 소녀가 고등학생으로 바뀌었고, 소나기를 피해 원두막에서 수박을 먹으며 비를 피하는 부분, 부모 들의 이루어지지 않은 첫사랑이 〈소나기〉와 연결됩니다. 〈클래식〉은 첫사랑의 영원성을 잘 드러낸 작품이지요.

엽기적인 그녀

클래식

드라마

소설 〈소나기〉는 역사적 시공간이 거의 배제된 채 소년과 소녀의 순수한 마음을 드러냈는데, 2005년에 드라마로 만들어진 〈소나기〉는 역사적·현실적 공간을 구체적으로 배치하고 있답니다.

혈통 있는 양반집에서 소녀의 어머니가 재가하자 소녀는 홀로 남겨집니다. 소녀의 죽음으로 윤 초시네 집안도 자손이 끊어지고 많은 전답이 자본가에게 넘어가죠. 대대로 마름 노릇을 하며 힘겹게 살아가는 소년의 집안이라는 설정 등을 통해 봉건사회의 해체와 신분제의 붕괴 속에서 소년과 소녀의 순수한 관계를 탐구하고 있답니다.

두 사람의 만남은 원작과 많이 다른데요. 개울가의 조약돌로 인한 것이 아니라 개울가에서 소년이 낡은 검정 고무신을 잃어버리자 소

녀가 시장에서 고무신을 사서 선물하고, 나중에 소년이 선물받은 고무신을 개울가에서 잃어버리게 되죠.

뮤지컬

어린이에게는 동화 같은 아름다움을, 청소년에게는 사춘기 남녀의 섬세하고 애틋한 정서를, 어른에게는 어린 시절의 향수를 선물합니다. 메마른 감성을 촉촉하게 적셔주는 〈소나기〉는 2004년부터 뮤지컬로 각색되어 꾸준히 공연되고 있습니다. 원작의 간결하지만 강렬한 느

낌을 고스란히 무대 위에서 살려내고자 주제와 이야기 흐름은 원작을 거의 그대로 따랐으며, 〈소나기〉의 주제와 느낌을 시각적·청각적으로 구현해 내고 있답니다. 무대를 스크린화하여 영상을 이용하는 기법을 보이기도 하고, 비 내리는 모습을 사실적으로 표현하기 위해 3톤가량의 물을 쏟았다고 하네요. 배우들은 등장인물들의 동작을 이미지화한 연기를 선보이고, 전통 민속놀이, 인형극, 춤, 노래, 마술적 요소 등 공연적인 표현 요소를 통해 〈소나기〉를 풍요롭게 표현합니다.

애니메이션

넬슨 신 감독의 〈그날〉

〈그날〉은 소설 〈소나기〉의 뒷이야기를 다시 구성한 애니메이션으로, 소설이 끝나는 장면부터 시작하는 새로운 이야기랍니다. 소설의 결말이 너무 슬프고 안타깝게 끝나기 때문에 소년은 그 후로 어떻게 되었을까 궁금해하는 독자들을 위해 소설 이어 쓰기와 같은 형식으로 만들어졌으며, 소녀의 죽음 뒤 슬퍼하는 소년에게 소녀가 천사로 내려와 위로해 준다는 이야기입니다.

경기도 양평 '황순원 문학관'에 가면 볼 수 있는 4D 애니메이션이에요. 소년과 소녀가 소나기를 맞고 수숫단 속으로 뛰어가는 장면에서는 천장에서 물방울이 떨어지고 번개가 치며 양쪽 벽면에서 바람도 불어 독특한 체험을 할 수 있다고 합니다.

C·STUDIO에서 만든 〈소나기〉

고등학생이 된 소년이 초등학생 시절을 회상하는 형식으로 되어 있는 애니메이션입니다. "초여름의 갑작스런 소나기는 언제나 나에게 어떤 사람을 떠오르게 한다."라는 자막으로 시작하는 이 애니메이션은, 가을이 아닌 초여름을 배경으로 하며, 음성이나 대화 없이 소설의 구절들이 자막으로 계속 이

어지면서 사건이 전개됩니다. 피아니스트 앙드레 가뇽의 곡 〈우연한 만남〉과 〈먼 곳을 그리며 - ending〉의 잔잔함이 서정적인 내용, 영상과 잘 어울리는 애니메이션입니다.

점토 애니메이션, 김홍중 감독의 〈소나기〉

황순원의 〈소나기〉라는 제목을 의도적으로 인용하고 있는 이 애니메이션은, 소설 내용과 제목이 만들어내는 감상주의에 저항하며 환경과 어린이의 현실을 진지하게 비춰냅니다.

미래의 어느 도시, 수업을 마친 한 소년이 집으로 돌아갈 시간에 비가 내립니다. 다른 친구들은 모두 부모님이 마중을 나와주었지만, 그렇지 않은 주인공은 비옷을 입고 위험해 보이는 도

시의 황량한 거리로 달려나갑니다. 아이가 비를 피하지 못하듯, 세상으로부터 소외당하는 환경은 모두에게 죽음이라는 아픔을 주게 된다는 의미심장한 주제를 담고 있습니다. 소설 〈소나기〉와는 전혀 다른 암울한 미래 도시의 풍경과 환경 오염의 위기가 섬뜩하게 다가오는 작품입니다.

'나의 첫사랑'을 소재로 소설 쓰기

나의 전부, 장여신

정건설(신광중학교 2학년)

"야, 넌 또 여자 친구 만나러 가는 거야?"

"응! 영화 보러 가지롱."

"부럽다! 즐거운 시간 보내. 난 학원 가."

"그래. 내일 보자."

휴우. 나는 열다섯 살. 한창 혈기 왕성한 시기를 보내고 있는 왕민혁이다. 내 인생에서 가장 큰 실수를 고르라면 말할 필요도 없이 영재학원을 다니기로 결심한 것이다. 엄하게 가르쳐서 성적을 올려준다는 소문이 나서 다녔지만, 막상 가보니 진짜 갈아엎고 싶은 학원이었다.

그때 끊었어야 했는데, 지금은 너무 늦었다. 벌써 1년이 훨씬 넘었기 때문이다. 정말로 영재 학원은 뭔가 있다. 학원을 끊지 못하게 만드는 아무도 모르는 어떠한 이상한 힘이 있는 것이 분명하다. '다음 달엔 꼭 그만둔다!'라는 다짐을 수백 번도 더 해봤지만 절대 그러지 못하는 나다.

숙제가 정말 싫다. 나도 숙제로 시간 낭비를 하지 않고 그 시간에 장호처럼 예쁜 여자 친구 손이나 잡고 어디론가 도망가 버리고 싶다. 솔직히 내가 자격이 없는 것은 아니다. 나는 열다섯 살이란 나이에 비해 키도 큰 편이고 여자 친구 있는 장호보다 이목구비가 오백 배는 더 뚜렷하고 멋지다. 내 생각엔 모든 것들이 다 학원 때문이다.

나의 하루 일과는 이렇다. 아침에 눈을 뜨면 바리바리 준비를 하고 학교에 간다. 학교에 가서 힘찬 학교생활을 하고, 학교가 끝나면 학원 숙제를 하느라 정신없이 두 시간을 보내고, 여섯 시 삼십 분이 되면 저절로 몸이 학원에 가 있다. 그다음 딱딱한 의자에 엉덩이를 박고서 열 시까지 시간을 보내고 집에 와서 대충 씻고 밥을 먹고 잠을 잔다. 특별한 것이 없다. 지겹도록 반복되는 하루하루가 너무나 싫고 끔찍하고 잔인하다.

그렇지만 학생이라면 이런 생활은 당연한 것이다. 하지만 나는 여자 친구가 있었으면 하는 마음이 간절하다. 여자 친구만 있으면 나의 하루는 에너지로 가득 찰 것 같은데. 내 단짝 장호에게 여자 친구가 생긴 뒤로 나도 급속도로 여자 친구에 대한 마음이 커졌다. 나는 예전에 여자 친구를 사귄 적이 한 번 있었는데, 내가 평일과 주말 모두 학원에서 보내느라 바빠서 연락을 자주 못 한다며 나를 뺑 차버렸다. 하지만 이미 다 지나간 일인데 뭐. 이런 생각에 푸욱 빠져 있을 때 전화가 왔다. 장호였다.

"여보세요? 민혁아. 우리 천사 깡순이가 너한테 여자 친구 소개시켜 준대. 너만큼 이목구비가 빛이 난다는데, 어때? 좋지? 알겠어. 내일

놀토니까 열두 시까지 학교 앞으로 나와."

'뚜뚜뚜.'

엥, 뭐야? 저만 말하고 끊어버리네. 흠. 다시 생각해 보니 참 좋고 반가운 일이다. 잘된 일이야. 내일 나의 패션을 좀 뽐내야겠네!

나는 평소보다 즐거운 마음으로 학원에 갔다. 학원 입구에 들어서니 늘 봐오던 여자애가 있었다. 어느 학교더라? 내가 평소에 조금 호감을 갖고 있는 여자앤데 예쁘다. 이름이 '장여신'인데 이름값을 하는 아이다. 하지만 나에겐 그림의 떡인 아이다. 그렇게 설레는 금요일 밤을 보내고 드디어 토요일이 왔다.

난 조금 일찍 일어나서 목욕을 하고 오랜만에 스프레이로 초특급 멋진 폭풍 머리를 하고 옷을 쫙 빼입었다. 준비를 마치고 마지막으로 진정한 남자의 향기를 알려주기 위해 뭣도 모르고 산 냄새 좋은 향수를 몸 구석구석에 뿌렸다. 그렇게 집을 나와서 약속 장소에 십 분쯤 일찍 도착했다. 역시 아무도 없다. 오 분쯤 지났을까?

"민혁아!"

날 부르는 소리에 뒤를 돌아보았다. 우와, 진짜 할렐루야다. 내 눈에 보이는 건 다름 아닌 여신이었다. 진짜 심장이 터질 것 같았다. 빨간 하트로 변해버린 나의 눈을 여신이 알아볼까 봐 가슴이 너무 콩닥거렸다. 난 분명 당당했는데 그 마음은 온데간데없이 사라지고 한없이 작아져 버렸다. 그렇게 우리는 만나서 아이스크림 가게로 들어가 앉았다. 우리는 서로의 이름과 얼굴을 알고 있었기에 금방 말이

트였고 같은 학원에 다녀서 금방 친해졌다. 우린 운명적인 만남인가 보다. 우린 함께 아이스크림을 먹고 나서 전화번호를 주고받고 헤어 졌다. 밤이 되어 나는 침대에 누워 핸드폰을 열고 문자를 보냈다.

'여신아~~ 자?'

'아니~~ 안 자는데?'

'아, 그래? 오늘 정말 좋았어.'

'응응. 나두 좋았어.'

'있지? 난, 네가 좋은데. 우리 사귈래?'

'그래. 나도 네가 좋으니깐.'

'흐흐, 내일 학원 끝나고 뒷골목에서 만나자.'

'그래 알겠어. 난 이만 잘래. 좋은 꿈 꿔.'

'응. 너두~~'

이렇게 우린 시작되었다. 우리는 시험 기간에 만난 덕분에 학원이 끝나면 독서실에서 공부를 한다는 핑계로 새벽까지 이야기 나누며 놀다가 집에 들어갔다. 그렇게 나의 삶은 점점 행복해지고 있었다! 그러던 어느 날. 그날도 학원을 끝내고 여신이와 놀고 있는데 아빠 한테서 전화가 왔다.

"민혁아, 어디냐? 공부하냐?"

"네, 아빠. 공부하고 있어요. 오늘은 일찍 들어갈게요."

"그래, 알겠다."

우리 아빠는 진짜 엄한 사람이다. 나는 아빠를 별로 좋아하지 않는 다. 싫어하는 것도 아니지만 아빠라고 잘 느끼지도 못한다. 우리 아빠는 정도 없고 무뚝뚝하고 자기 생각만 하는 이기주의자니까. 난 아빠와의 통화를 끝내고 나서 두려움을 느꼈다. 혹시라도 아빠가 독서실로 찾아오면 어쩌지? 조마조마해진 나는 여신이에게 오늘은 조금 일찍 들어가자고 말했다. 여신이의 부모님도 엄하시기 때문에 여신이도 나와 같은 마음을 가지고 있었을 것이다. 그렇게 그날은 열두 시에 헤어지고 집에 가고 있었다. 두렵고 무서운 마음을 안고 서 집으로 가는데 아빠한테서 또 전화가 왔다.

"너 지금 어디냐?"

"좀 전에 독서실에서 나와서 집에 가고 있어요."

"어디쯤인데?"

"왕마트 앞인데요."

"거기 앞에서 기다려라."

아빠는 이렇게 말을 하고 전화를 끊었다. 잠시 후 나는 차를 끌고 나온 아빠를 보았다.

설마 했지만 아빠는 독서실에 찾아가서 여태껏 내가 한 거짓말들을 다 알아내 버리고 말았다. 아빠는 처음에는 좋게 말을 하더니 결국 엔 소리를 지르고 욕을 했다. 우리 아빠는 폭력은 잘 쓰지 않는 편 이지만 이번만큼은 맞을 것 같았다.

나는 끝내 눈물을 흘렸다. 아빠가 너무 무서웠고 여신이 생각이 났 기 때문이다. 그렇게 아빠는 집으로 나를 끌고 들어가 앉히고 처음 부터 끝까지 하나하나 다 물어보았다. 아빠는 여태껏 일어났던 일 을 육하원칙에 따라 말해보라고 했다. 나는 울면서도 아빠가 너무 무서워서 여신이 이야기는 빼버리고 거짓말을 했다. 아빠는 다 듣고 나서 갑자기 핸드폰을 내놓으라고 했다. 나는 너무 무서웠다. 아빠에게 핸드폰을 주면 모든 것이 끝나는 상황이었다. 여신이와의 문자를 항상 보려고 하나도 삭제하지 않았는데…….

아빠가 그걸 보는 순간 나는 맞아 죽을지도 모른다는 생각에 눈물을 주룩주룩 흘렸다. 하지만 결국엔 아빠 손으로 들어가 버린 핸드폰. 아빠는 문자 내용을 하나하나 꼼꼼히 보았다. 아빠의 표정은 말로 표현할 수 없었다. 내 자신이 너무 한심했다. 그러면서도 그런 아빠가 너무 싫었다. 아빠는 핸드폰의 전원을 꺼버리고 던졌다.

날이 가면 갈수록 아빠와 나의 거리는 멀어져 갔다. 이렇게는 안 될 것 같았다. 하루라도 빨리 아빠와의 거리를 좁혀야겠다는 생각에 아빠에게 편지를 쓰기로 결심했다. 나는 '아빠께'라는 말로 시작해서 나의 잘못들을 모두 적은 다음, 내가 아빠에게 하고 싶은 말을 적었다. 나는 아빠와 멀어지고 싶지 않다. 내가 잘못을 했으니까 내가 풀어야만 했다. 나는 용기를 내서 적은 세 장의 편지를 고이 접어 아빠의 양복 주머니 안에 넣어두었다. 아빠가 더 화를 내면 어쩌지? 아빠가 편지를 읽고 조금이라도 풀리셨으면 좋겠다는 마음을 안고 잠이 들었다.

아침에 눈을 떠서 평소와 같이 책가방을 들고 학교로 왔다. '아빠가 편지를 읽었을까?' 하는 생각을 하고 있는데 주머니 속에서 진동이 울렸다.

'편지 잘 읽었다' 아빠의 문자였다. 아빠가 이렇게 문자를 보낸 것을 보면 분명 잘된 것 같았다. 나는 마음이 놓였다. 하루를 보내고 집에 들어갔다.

아빠는 여신이에 대해 물어봤다. 나는 있는 그대로 말했다. 여신이는 예쁜 데다가 공부도 잘하고 성격도 나랑 잘 맞는 친구라고. 아빠는 학교에서만 만나고 데이트는 하지 말라고 했다. 나는 말도 안 된다는 표정으로 아빠를 보았다. 그러자 아빠는 싱긋 웃으며 조건을 걸었다. 기말고사 때 아빠의 마음에 드는 성적을 받아 오면 언제든지 데이트를 허락한다고 했다.

나는 신이 나서 아빠에게 고맙단 말을 하고 열심히 공부를 했다. 우리 아빠 같은 사람의 입에서 그런 말이 나오다니 믿기지가 않고 너무너무 행복했다. 순간 아빠가 천사 같았고 아빠를 미워했던 마음이 모두 사라졌다.

나는 여신이에게 이 소식을 전하고는 죽을 만큼 열심히 공부했고 엄청난 성적을 받아냈다. 아빠는 무척 좋아했고 나는 여신이와 언제든지 마음 놓고 데이트를 할 수 있게 되었다. 학교가 끝나면 여신이와 학원 숙제를 하고 학원에서는 여신이와 짝꿍이 되어 열심히 공부를 했다. 하루하루가 즐겁고 행복하고 기뻤다. 새로운 삶이 시작됐다.

참고 문헌

도서

김종회, 《황순원》, 새미, 1998.
박혜경, 《문학, 소통과 대화의 사잇길》, 역락, 2007.
최시한, 《소설의 해석과 교육》, 문학과지성사, 2005.

연구 논문

강영혜, 〈중학교 1학년 국어교과서 수록 소설의 적절성 연구: 갈등을 중심으로〉,
경성대, 2009.
김권재, 〈문학텍스트의 영상 콘텐츠 전환 연구: 황순원의 〈소나기〉를 중심으로〉,
한양대, 2008.
김상헌, 〈학습자의 영상텍스트 수용 인지를 통한 서사교육 방안 연구: 소설 〈소나
기〉와 HDTV문학관 〈소나기〉를 중심으로〉, 연세대, 2010.
박영식, 〈성장소설의 장르적 특징과 〈소나기〉 분석〉, 《어문학》 제102집, 2008.
박진영, 〈수용과 창작을 통한 내면화 지도 연구: 〈소나기〉를 중심으로〉, 이화여대,
2009.
엄숙용, 〈황순원 〈소나기〉의 기호학적 분석〉, 세종대, 2004.
정동환, 〈문학작품에 나타난 의미 분석: 황순원의 〈소나기〉를 중심으로〉, 《한말연
구》 제10호, 2002.
차가온, 〈황순원 단편소설의 상징체계 분석: 〈소나기〉를 중심으로〉, 홍익대, 2004.
김은경·김영인, 〈보라색의 유래 및 이미지의 고찰〉, 연세대, 1996.

선생님과 함께 읽는 소나기

1판 1쇄 발행일 2011년 6월 30일
개정판 1쇄 발행일 2015년 5월 25일
2판 1쇄 발행일 2024년 8월 12일

지은이 전국국어교사모임

발행인 김학원
발행처 (주)휴머니스트출판그룹
출판등록 제313-2007-000007호(2007년 1월 5일)
주소 (03991) 서울시 마포구 동교로23길 76(연남동)
전화 02-335-4422 **팩스** 02-334-3427
저자·독자 서비스 humanist@humanistbooks.com
홈페이지 www.humanistbooks.com
유튜브 youtube.com/user/humanistma **포스트** post.naver.com/hmcv
페이스북 facebook.com/hmcv2001 **인스타그램** @humanist_insta

편집책임 문성환 **편집** 윤무재 **디자인** 박인규 반짝반짝 **일러스트** 설은정
용지 화인페이퍼 **인쇄** 청아디앤피 **제본** 민성사

ⓒ 전국국어교사모임, 2024

ISBN 979-11-7087-231-3 44810